일하는 문장들

퇴짜 맞은 문서를 쌈박하게 살리는

일하는 문장들

백우진 지음

whale books

당신이 사장이라면
어떤 보고서에 결재하겠습니까

―――――――――――――――――――――.

"VIP 주재 만찬에서 내가 대표로 인사말을 하게 됐어요. 이렇게 메모해봤는데, 다듬어주세요." 내가 정부에서 계약직 공무원으로 일할 때였다. 한 고위 공무원이 내게 이런 부탁을 했다. 행사는 대통령이 주요 고위 공직자들을 청와대로 초청해 격려하기 위해서 준비됐다. 짧은 인사말이지만, 그는 혹시 긴장한 나머지 잊어버릴지 몰라 문구를 지니고 가겠다고 말했다. 나는 인사말을 수정해 A4 용지의 4분의 1 정도에 들어가도록 출력했다. 인사말이 적힌 부분을 잘라서 그에게 건넸다. 잠시 테이블에 올려놓더라도 별로 표시가 나지 않을 크기였다. 폰트는 일반적인 문서보다 키웠다. '커닝 페이퍼'를 본 그는 흡족해했다. 며칠 뒤 행사에서 인사말을 잘 했다고 말했다.

말과 자료도 TPO(Time, Place, Occasion)에 맞춰야 한다. 내가 준비한 인사말 자료는 '상황'에 맞춰 크기를 작게 만든 것이었다. 센스 있는 직장인은 자료를 TPO에 따라 작성한다. 특히 읽는 사람의 관점에서, 정보 수용자의 위치에서 문서를 쓴다. 대상이 회사의 내부인지 외부인지에 따라 문서를 다르게 써야 한다. 또 보고받는 간부가 부서장인지 본부장인지 CEO인지에 따라 다르게 작성해야 한다.

큰 맥락에서 전략적으로 생각하고 판단해야 하는 간부에게 올리는 보고서는 핵심으로 바로 들어가 간략하게 작성해야 한다. 관련해서 설명이 필요한 배경이나 여건, 경과는 뒤에 붙이면 된다. 이와 반대로 작성된 보고서를 한 CEO는 '담임 선생에게 무언가를 요청하는 학생'을 들어 설명했다. 학생이 담임에게 다음과 같이 얘기한다고 하자.

"선생님, 제가요. 어제 야간자율학습 끝나고 집에 가는데요, 비가 왔잖아요. 그래서 비를 흠뻑 맞았어요. 몸이 으슬으슬했는데 그래도 집에 가서 밤늦도록 공부를 했지 뭐예요. 왜냐고요? 선생님 과목은 꼭 복습하고 싶었거든요. 우리 학교에서 선생님이 최고예요. 웃지 마세요. 선생님~! 진심이거든요. 그런데요, 어제 좀 무리를 했는지 몸이 많이 아파요. 선생님, 어떻게 안 될까요? 저 조퇴 좀 시켜주세요!"

담임은 학생의 말에 끝까지 주의를 기울인 다음에야 무얼 말하려 하는지 알게 된다. 그 CEO는 "사춘기 학생을 지도하는 선생님이라면 그러려니 하고 넘어갈 수 있겠지만, 그런 보고 방식은 직장에서는 적합하지 않다"고 말했다. 직장은 때때로 시간을 다퉈가며 일하고 상사는 대부분 인내심이 부족하다는 것이다. 그는 이런 예화를 들어 보고서를 두괄식으로 작성해달라는 이메일을 직원들에게 보냈다고 내게 들려줬다.

왜 두괄식으로 써야 하나. 우선 두괄식은, 앞서 잠시 설명한 대로, 읽는 사람의 시간과 노력을 절약해준다. 중요한 자료일수록 최종 의사결정권을 쥔 인물에게 가까이 전해진다. 그런데 의사결정권에 가까운 자리일수록 그 보고서에 할애할 시간과 신경이 제한된다. 따라서 중요한 자료일수록 앞부분에서 핵심을 간략하게 요약하고 시작해야 한다.

또 답을 먼저 제시하는 두괄식이 오히려 읽는 사람으로 하여금 생각할 시간을 주기도 한다. 보고서에서 한 부분 한 부분을 맞춰가면서 결론의 윤곽을 드러내는 미괄식 서술을 당신이 읽는다고 하자. 당신은 결론을 모른 채 보고서와 보고서 작성자를 따라간다. 이 경우 당신은 결론이 나오는 끝에 가서야 그 결론의 정합성과 적합성을 따져보게 된다. 이에 비해 두괄식을 읽는 당신은 결론을 본 뒤 그 다음 부분에 제시된 논리와 사례에 비추어 결론이 맞는지 평가한다. 한편 보고서를 내실 있고 짜임새 있게 쓰는 방법으로도 두괄식이 미괄식보다 낫다. 결론을 먼저 던져놓고 나면 그 아래에서 결론과 관련이 덜한 얘기를 꺼내지 않게 된다.

보고서를 두괄식으로 작성하는 것은 어찌 보면 센스의 문제라고 할 수 있다. 직장인의 문서가 지켜야 할 TPO에서 T는 대상(Target)이어야 한다. 직장인은 보고받는 사람의 눈높이에서, 그 사람이 읽고 활용하는 상황에 맞춰서 자료를 만들어야 한다. 두괄식, 논리, 어법, 간결함, 도표, 스타일에 신경을 쓰라는 이유는 '대상'이 내가 말하고자 하는 바를 효율적으로 정확하게 파악하도록 하는 것으로 압축된다. 한 문장으로 말하면, '일 잘 하는 보고서'는 보고받는 사람의 자리에서 작성된 '역지사지의 보고서'다.

글을 많이 써본 필자도 생각을 풀어내다 보면 TPO에서 멀어지곤 한다. 독자의 자리에서 원고를 읽고 TPO를 명확히 잡고 그에 따라 글을 편집하는 사람이 에디터다. 이 원고를 주문하고 편집한 이윤주 에디터가 아니었다면, 이 책은 이렇게 산뜻하고 깔끔하고 가지런하지 않았을 게다. 이 서문도 퇴짜를 맞고 두 번 다시 쓴 것이다.

2017년 10월 백우진

3. 규칙을 지킵시다, 깔끔하게

4. 줄입시다, 간결하게

5. 맞춤법 또 배웁시다, 꼼꼼하게

6. 숫자를 장악합시다, 정확하게

7. 표에서 내공을 보여줍시다, 근사하게

8. 스타일로 완성합시다, 세련되게

1

구조부터 세웁시다, 튼튼하게

추리소설에는 다 읽고 나서야 보이는 부분이 있다. 사건의 실체로 이어지는 실마리다. 대개 작가는 그 실마리를 자연스럽게 숨긴다. 이야기 속에 그것을 슬쩍 짜 넣어 독자가 눈치채기 어렵게 한다. 내용을 빠르고 온전히 전해야 하는 문서는 추리소설과 정반대 방식으로 써야 한다. 보고서 작성자는 처음부터 자신의 패를 보여야 한다. 먼저 핵심을 제시한 뒤 그것과 관련된 사례와 논리, 가능성을 붙여나가야 한다.

보고서 구성은 추리소설과 반대로 하자. 뚜렷하지 않아 미스터리한 제목이 아니라 논지를 드러내는 제목을 붙이고, 알맹이를 나중에 "서프라이즈!" 하며 꺼내기보다 바로 첫 문단에 넣자. 가능하면 첫 문장에 결론을 담고, 문단도 두괄식으로 쓰자.

알맹이를 앞세워라

대단한 레스토랑이 최근 또 한 번 세상을 떠들썩하게 만들었다. 오너 셰프인 르네 레드제피(39)가 2003년 개업할 때부터 14년간 함께 일해 온 접시닦이 알리 송코(62)를 지분을 나누는 파트너 중 한 사람으로 발탁한 것이다. 아프리카 감비아 출신 이민자이자 12자녀의 아버지인 송코가 세계 최고 레스토랑의 주인이 됐다는 얘기다. 비록 레드제피가 현지에서 나는 식재료만 사용한다는 원칙을 철저히 고수하는 바람에 신맛 내는 살아 있는 개미나 먹을 수 있는 흙이 접시에 올라오기는 하지만 그래봐야 접시 닦는 데에 더 특별한 기술이 필요하진 않다. 아마 한국이었다면 알바나 비정규직 자리도 겨우 차지할 수 있었을 것이다.

_중앙일보 2017년 3월 8일자

우리말의 어순이 대개 '원인-결과'이어서 그런지, 결과가 뒤에 있는 문장이 많다. 미괄식으로 쓰인 문장이 많다는 말이다. 다음 문장을 살펴보자. 미괄식일뿐더러 문장이 너무 길다.

예시문 석유수출국기구(OPEC)의 산유량 한도 재조정 실패에도 불구하고 미국의 원유재고 감소에 힘입어 닷새 만에 반등에 성공한 유가도 이날 증시 상승에 힘을 보탰다.

수정문 유가도 이날 증시 상승에 힘을 보탰다. 석유수출국기구(OPEC)는 산유량 한도 재조정에 실패했지만 유가는 미국의 원유재고 감소에 힘입어 닷새 만에 반등했다.

다음 문장도 길다. 먼저 요약한 뒤 현상을 설명하는 편이 낫다.

예시문 그러나 2014년 12월 회의에서는 금리동결에 대해 피셔 총재와 플로서 총재는 금리를 올려야 한다는 매파 입장을, 코철러코타 총재는 경기 하방 리스크를 우려하는 상반된 입장을 내놓으며 소수의견마저 엇갈리는 모습이었다.

수정문1 그러나 2014년 12월 회의에서는 금리동결 결정에 대한 소수의견이 엇갈렸다. 피셔 총재와 플로서 총재는 금리를 올려야 한다는 매파 의견을, 코철러코타 총재는 경기 하방 리스크를 우려하는 상반된 견해를 내놓았다.

수정문2 그러나 2014년 12월 회의에서는 금리동결 결정에 대한 소수의견이 엇갈려, 피셔 총재와 플로서 총재는 금리를 올려야 한다는 매파 의견을 보였고 코철러코타 총재는 경기 하방 리스크를 우려하는 상반된 견해를 내놓았다.

이제 앞의 인용문을 다시 읽어보자. 지나치게 길고 알맹이가 요약되지 않았거나 뒤에 놓인 문장이 있다. 다음 문장이다. 어떻게 수정하면 좋을까.

예시문 비록 레드제피가 현지에서 나는 식재료만 사용한다는 원칙을 철저히 고수하는 바람에 신맛 내는 살아 있는 개미나 먹을 수 있는 흙이 접시에 올라오기는 하지만 그래봐야 접시 닦는 데에 더 특별한 기술이 필요하진 않다.

수정문1 레드제피의 요리는 유별나다. 신맛 나는 개미나 먹을 수 있는 흙을 내놓기도 한다. 그렇다고 해서 그 음식을 담은 접시를 닦는 일이 어려운 것은 아니다.

수정문2 설거지는 어려운 일이 아니고, 레드제피의 레스토랑이라고 해서 더 어렵진 않다. 레드제피는 유별난 식재료를 다뤄, 신맛 나는 개미나 먹을 수 있는 흙을 내놓기도 하지만, 그렇다고 해서 식기를 닦는 일에 특별한 기술이 필요한 건 아니다.

"

핵심을
알려줘라

.

"

3년의 열정, 이젠 냉정을

통신서비스는 지난 3년간 업종지수가 53% 올라 수익률 1등에 올랐다.
시장 참가자들은 올해에도 LTE 가입자가 계속 늘어 매출이 증가하고 단
말기유통구조개선법의 영향으로 마케팅 비용은 줄어들어 통신서비스 업
종의 이익이 더욱 증가할 것으로 예상한다. 또 늘어난 이익을 바탕으로
배당도 많이 할 것이라고 장밋빛으로 전망한다. 하지만 우리 생각은 조금
다르다. 기대가 크면 실망도 클 수 있다. 통신서비스 업종에 대해 우리가
왜 다수 의견과 다른 보수적인 견해를 갖고 있는지 이 보고서에서 설명
한다.

_한화투자증권

저마다 제 관심에 따라 영화를 감상한다고 했던가. 영화 〈흐르는 강물처럼〉에서 내 기억에 남은 장면은 아버지의 교육방법이다. 아버지는 아들에게 글을 읽고 요약하라는 과제를 내 준다. 아들이 요약문을 내자 그 요약문 곳곳에 빨간 색연필로 밑줄을 긋고 동그라미를 치고 X 표시를 한 뒤 건네주면서 첫 요약문을 반으로 줄이라고 한다. 아들이 반으로 추린 내용을 적어서 제출했더니 또 반 분량으로 정리하라고 한다. 아들이 세 번째로 압축한 글을 보고서야 아버지는 오케이한다. 나는 이런 공부는 종합적인 지적 계발에 매우 효과적이라고 본다. 이 연장선에서 교육방식을 하나 더 추가하면, 한 주제의 책 여러 권을 함께 읽도록 한 뒤 자신의 주장을 세워서 책을 참고해 에세이를 쓰게 하는 훈련이 더 종합적이고 강력한 학습 효과를 준다.

글을 압축하는 것은 분량을 줄이는 단순 작업이 아니다. 여러 페이지의 글을 한 장으로, 한 장을 한 문단으로 요약하려면 선택하고 버려야 한다. 자신이 전해야 하는 알맹이만 남기고 나머지는 생략해야 한다. 그리고 핵심을 간결하게 글에 담아내야 한다. 이 과정에서 사고력과 글쓰기 역량이 동시에 길러진다. 보고서를 요약하는 일은 어렵지 않은 업무라고 여길 수 있다. 그러나 여러 보고서의 개요를 비교해보면, 이 일이 결코 간단치 않음을 알 수 있다. 앞에 인용한 보고서의 개요를 다시 읽어보자.

논지가 무엇인가. '통신서비스 업종의 이익 증가세가 앞으로도 지속되리라는 예상이 우세하지만, 우리는 그렇게 보지 않는다'는 것이다. 이 개요 문단은 '왜 우리가 그렇게 생각하는지 설명한다'며 끝난다. 필자는 이 문장 대신 '왜 그렇게 생각하는지' 그 근거를 압축해 넣어야 했다. 그래야 개요 문단이 완성된다.

분량이 긴 보고서 앞에는 개요를 한 페이지 붙이는 것이 좋다. 개요는 핵심요약문(executive summary)이라고도 불린다. 길지 않은 보고서에도 핵심요약문을 넣으면 좋다. 예를 들면 다음 보고서에서 제목 아래 네모 속에 들어간 부분이 핵심요약문이다.

국민세금 낭비를 방지하고 필요한 사람에게 효율적 지원을 위한
국고보조금통합관리시스템 관련 법령정비 마무리
−「보조금 관리에 관한 법률 시행령」 개정령안 국무회의 의결−

◆ 보조금 중복·부정수급 방지로 세금 낭비를 막고, 국민 참여 제고로 꼭 필요한 사람에게 효율적으로 지원하기 위하여 국고보조금통합관리시스템(e나라도움) 구축을 추진 중

◆ '17년 1월 보조금법 개정에 이어 시행령 개정이 마무리됨에 따라 7월에 예정대로 국고보조금통합관리시스템이 전면 개통될 전망

□ 정부는 5월 2일(화)에 개최된 제20회 국무회의에서 「보조금 관리에 관한 법률 시행령」 개정령안을 의결하였다.

○ 지난 1일 개정된 「보조금 관리에 관한 법률」에서 위임받은 사항 등을 이번에 시행령에 규정함으로써 (하략)

※ 자료: 기획재정부

핵심요약문을 보고서 앞에 한 장으로 붙일 때에는 그 한 페이지도 '이층 구조'로 만드는 것이 좋다. 핵심요약문의 맨 앞에 '핵심요약 문단'을 넣는 것이다. 앞에 인용한 통신업종 관련 문단이 핵심요약문의 핵심요약 문단이었다.

내가 회사 안팎에서 본 핵심요약문은 요약문이 아니라 본문을 순서대로 조금씩 따 붙인 자료가 많았다. 보고서가 '목적-과제-기대효과-향후계획'의 순서로 작성됐다면 핵심요약문도 이 순서에 따라 정리됐다. 핵심요약문이 꼭 보고서의 순서를 따라야 하는 것은 아니다. 이 경우 핵심요약문을 '과제-목적과 기대효과-향후계획'의 순서로 쓰는 편이 더 나을 수 있다.

학계에서도 핵심요약문 형식의 중요성이 강조된다. 논문 작성자는 서론에서 핵심 내용을 던져서 독자의 관심을 끌어야 한다고 권고된다. 책《과학자를 위한 글쓰기》는 그러나 많은 논문이 서론에 알맹이를 담지 않는다고 지적한다. 이 책은 그런 논문들은 연구할 문제를 소개한 뒤, "이 주제에 관해 알려진 것이 거의 없다"고 말하면서 약간의 정보를 제공한 뒤 "우리의 목적은 다음과 같은 일을 수행하는 것"이라며 서론을 끝맺는다고 분석한다. 이 책은 "이런 논문들은 편집자의 검토를 통과하여 학술지에 게재되기는 어렵다"고 평한다. 이어 논문의 서론은 "문제나 해결책의 가치를 정의"해야 한다고 조언한다.

논문 작성자는 앞에 초록을 붙인다. 많은 논문 작성자들이 초록에서 말을 아낀다. 논문을 '목적-연구방법-결과-결론'의 목차로 쓴 뒤 초록에서 '목적'에 해당하는 부분에 그야말로 연구목적만 적는 경우가 많다. 여기서 그치기보다는 연구 주제가 왜 중요하며 가설이 무엇인지를 명확히 밝히는 것이 좋다.

첫 문단을 고민하라

철강산업의 균형 발전을 위해서는 전기로 제강의 경쟁력 강화가 중요하다. 국내 철강업체 중 전기로 제강사들이 고로사들에 비해 세계시장에서 입지가 취약하기 때문이다. 철스크랩은 전기로 제강의 핵심 원료로서 제조원가의 대부분을 차지하고 있다. 철스크랩을 낮은 가격에 안정적으로 조달하는 것은 전기로 제강의 원가경쟁력에 직결된다. 현재 철스크랩의 79%는 국내에서 조달하고 있지만, 21%는 수입하고 있다. 제강사들은 수입을 통해 철스크랩 재고량을 조절하고, 가격 변동성을 축소시킨다.

_KDB산업은행

첫 문단은 두괄식으로 작성해야 한다. 첫 항목에 핵심을 요약한 개요를 넣는 것이다. 특히 핵심요약문을 보고서 앞에 붙일 경우,

핵심요약문의 첫 문단은 두괄식이어야 한다.

위 문단은 핵심요약문의 첫 문단이다. 결론이 없고, 현 상황과 문제를 서술하는 서론의 역할을 하고 있다. 핵심요약문에서는 보고서 본문의 순서를 따를 이유가 없다. 본문이 아니라 핵심요약문이니까 말이다. 핵심요약문 원문의 결론 부분을 축약해 넣은 첫 문단은 다음과 같다.

수정문1 국내 전기로 제강사들은 고로사들에 비해 세계시장에서의 입지가 취약하다. 전기로 제강사들의 경쟁력을 제고하려면 제조원가의 대부분을 차지하는 철스크랩과 관련된 애로를 해소해야 한다. 그 방안으로 철스크랩 종합 정보 플랫폼 구축, 철스크랩 업체의 규모 확대 유도 및 수익원 다양화, 전기로 원료로 직접환원철 등 대체철원의 혼용 등을 제시한다.

국내 전기로 제강사들의 경쟁력 제고 방안을 논의하는 배경은 다음 두 가지 모두 가능하다. 첫째, 국내 전기로 제강사들의 국제경쟁력이 떨어진다. 둘째, 국제경쟁력이 뛰어나지만 해외 경쟁사들의 추격에 대응하려면 한 단계 도약이 필요하다. 둘 중 어느 것이 논의 배경인지는 차차 얘기하면 된다. 첫 문단에서는 그 방안만 보여주면 된다. 그래서 첫 문단에서 결론을 더 당겨 다음과 같이 쓸 수 있다.

수정문2 국내 전기로 제강사의 경쟁력을 제고하는 방안으로 철스크랩 종합 정보 플랫폼 구축, 철스크랩 업체의 규모 확대 유도 및 수익원 다양화, 전기로 원료로 직접환원철 등 대체철원의 혼용 등을 고려해야 한다.

첫 문단은 적어도 그 보고서의 주제가 무엇인지는 알려줘야 한다. 결론이 무엇인지는 담지 못할지라도 말이다. 이런 측면에서 다음 두 예시문을 수정문과 비교해보자.

예시문 과거 농정의 최고의 목표는 생산성 증대였다. 이를 위해 일명 화학비료와 농약의 대량 투입은 생산성 증대라는 등식으로 고착화되기도 하였다. 하지만 장기에 걸친 화학 농자재의 투입으로 인해 환경적으로 다양한 문제가 발생하였다. 이러한 문제에 대한 깊은 인식으로 자연친화적인 농자재의 개발과 사용이 권장되고 있다.

수정문 한동안 주춤했던 친환경농산물 시장이 기지개를 켜고 있다. 국내 친환경농산물 시장은 2000년대 세계적인 웰빙 열풍으로 안전한 먹거리와 지속가능한 환경에 대한 관심이 높아지면서 눈에 띄게 성장했다. 그러나 수입 농산물 소비 확대와 경기침체, 1인 가구 증가 등 여러 요인이 겹쳐 국산 농산물 소비가 줄면서 상대적으로 값비싼 친환경농산물 소비는 더욱 위축되는 양상이었다. 이런 가운데 정부가 친환경농산물 생산·유통·소비를 활성화하기 위해 특단의 대책을 내놓았다. 얼어붙었던 친환경농산물 시장에 봄바람이 불어온다.

예시문 국내 택배업계는 지난 20여 년간 가속페달만 밟으며 달려왔다. 한진이 국내 첫 택배 브랜드 '파발마'를 선보인 1992년에는 연간 택배물량이 100만 박스도 되지 않았다. 하지만 2004년에는 4억 박스, 2009년에는 10억 박스를 돌파했고 지난해엔 18억 박스에 달했다. 대한민국 15세 이상 인구 한 명이 연간 42개의 택배를 받는다는 얘기다.

수정문 택배시장이 급성장하는 가운데 업체들 사이의 경쟁이 점점 치열해지고 있다. 이로 인해 상위 4개사를 제외한 택배업체들의 경영 환경이 악화되고 있다.

국내 택배업계는 지난 20여 년간 가속페달을 밟으며 달려왔다. 물동량을 기준으로 한 국내 택배시장은 2009년 21% 성장하는 등 빠르게 확대됐다. 지난해 국내 택배시장 물동량은 전년보다 12% 증가했다.

첫 문단에 주제를 넣었는데, 맨 뒤에야 알려주는 경우도 있다. 다음 첫 문단을 어떻게 고칠지 궁리하고 대안을 살펴보자.

예시문 영국에서는 브렉시트(Brexit) 국민투표를 공약으로 내걸었던 카메론 총리가 속한 보수당이 총선에서 승리하면서 영국의 유럽연합(EU) 탈퇴와 관련된 우려가 다시금 커졌고 작년 가을 무렵부터 유럽에서 난민 문제가 떠오르면서 영국 내에서 브렉시트에 대한 지지도가 상승했다. 특히 작년 말 카메론 총리가 2016년 여름에 국민투표를 시행하겠다고 밝힌 후 브렉시트 문제가 가시화되고 있는데, 〈그림3〉에서는 브렉시트 관련 이슈가 불거질 때마다 엔/파운드 환율이 큰 폭으로 하락하고 있다는 것을 살펴볼 수 있다.

엔/파운드 환율은 영국이 유럽연합(EU)에서 탈퇴하는 브렉시트(Brexit) 문제가 불거질 때마다 큰 폭으로 하락했다. 브렉시트 우려는 이를 국민투표를 공약으로 내걸었던 카메론 총리가 속한 보수당이 총선에서 승리하면서 커졌다. 지난해 가을 무렵부터 유럽에서 난민 문제가 떠오르면서 영국 내에서 브렉시트에 대한 지지도가 상승했다. 특히 지난해 말 카메론 총리가 2016년 여름에 국민투표를 시행하겠다고 밝힌 후 브렉시트가 가시화되고 있다. 브렉스트 이슈에 따른 엔/파운드 환율의 추이는 〈그림3〉에서 확인할 수 있다.

다음 첫 문단에도 비슷한 문제가 있다. 직접 수정해보자.

원유를 비롯한 커머더티의 가격이 저점을 지난 지도 벌써 1년이 다 되어 간다. 이와 함께 커머더티 수출에 대한 의존도가 높은 신흥국 경제의 펀더멘털도 개선세를 보이고 있다. 2014년부터 커머더티 가격의 급락에 더해 미국 주도의 경제 제재까지 받으며 악화일로를 걷던 러시아의 경제 상황도 점차 나아지고 있다. 국제유가가 배럴당 50~55달러 수준에서 안정을 찾고 있고 트럼프 대통령은 대러 제재 완화 가능성을 내비치고 있어, 러시아에 대한 디스카운트 요인이 많이 줄어든 것이다.

NOTE

문단도
두괄식으로

제노베사 섬에서 그랜트 부부를 놀라게 한 사건이 한 가지 더 있었는데, 짝짓기에 성공한 수컷들 중에서 '같은 노래를 부르는 수컷을 이웃으로 둔 수컷'이 한 마리도 없었다는 것이다. 반면에 짝을 짓지 못한 홀아비 수컷들의 경우, A가수 옆집에 A가수가 살거나 B가수 옆집에 B가수가 사는 경우가 많았다. 이는 암컷들이 '이웃 남자와 다른 노래를 부르는 남자'를 선택했음을 의미한다.

이 문단은 과학계의 고전이 된 책 《핀치의 부리》에서 가져왔다. 1994년 선보인 이 책은 "진화론에 대한 정확하고 세심한 서술과 서정적이고 친밀한 문체를 통해 지식층은 물론 학생과 일반인에 이르기까지 광범위한 독자들에게 커다란 영향을 미치기에 부족함이 없다"(영국 주간지 〈이코노미스트〉)는 평을 받았다. 서술 방식과 관련해서는 "명료한 산문체" "정교하고 명쾌하고 풍부하게 서술" 등의 평가를 받았다. 저자는 미국의 과학저술가인 조너선 와이너다. 와이너는 딱딱한 주제인 생물의 진화를 고전문학의 구절을 인용하며 풀어낸다. 다음 두 문단을 읽어보자.

그리스의 철학자 헤라클레이토스는 "만물은 유전한다"라고 말했다. 생물의 형태와 본능, 그들 사이의 보이지 않는 경계, 그리고 살고 있는 해안과 지형은 헤라클레이토스가 상상할 수 있었던 것보다 훨씬 더 가변적이고 유동적이다.

에우리피데스의 〈바커스의 여신도들〉에서는 "신의 의지는 서서히, 그러나 확실하게 움직인다"라는 코러스가 울려 퍼진다. 다윈도 "자연선택의 힘은 서서히, 그러나 확실하게 움직인다"라고 말했다. 그러나 여기 대프니메이저에 사는 다윈핀치들 사이에서는 자연선택이 빠르고 확실하게 작용할지도 모른다.

그가 각 챕터를 인용문이나 인용문단으로 시작한 것도 같은 취지에서라고 여겨진다. 예를 들어 5장 앞에는 '참새 한 마리가 떨어

지는 것도 특별한 섭리 때문이다'라는 《햄릿》의 대사를 올렸고, 7
장은 '하늘의 창문이 열려 사십 일 동안 밤낮으로 땅에 폭우가 쏟
아졌다'는 〈창세기〉의 서술을 앞세워 썼다.

복잡하고 정교한 진화론을 일반인의 눈높이로 쉽고 생생하게
풀어내는 저술가이지만, 와이너도 덜 자상하게 쓴 부분이 있다.
바로 맨 앞에 인용한 문단이다. 나는 이 문단을 여러 번 읽은 뒤에
야 이해했다. 독자께선 단번에 내용을 파악하셨는지. 나는 첫 문
장의 다음 부분에서 걸렸다.

> **예시문** 짝짓기에 성공한 수컷들 중에서 '같은 노래를 부르는 수컷을 이웃으
> 로 둔 수컷'이 한 마리도 없었다는 것이다.

이를 암컷의 입장에서 이렇게 바꾸면 어떨까.

> **수정문** 암컷들이 '이웃 남자와 다른 노래를 부르는 남자'를 선택하는 것이었다.

이 문장은 이 문단의 맨 뒤에 있다. 쉽게 풀어낸 결론에 해당하
는 문장이 문단의 끝에 있으니, 이 문단은 미괄식인 셈이다. 이 문
장을 앞으로 배치하면 문단이 다음과 같이 된다.

제노베사 섬에서 그랜트 부부를 놀라게 한 현상이 한 가지 더 있었다. 암컷들이 '이웃 남자와 다른 노래를 부르는 남자'를 선택하는 것이었다. 즉, 짝짓기에 성공한 수컷들 중에서 '같은 노래를 부르는 수컷을 이웃으로 둔 수컷'이 한 마리도 없었다. 반면 짝을 짓지 못한 홀아비 수컷들의 경우, A가수 옆집에 A가수가 살거나 B가수 옆집에 B가수가 사는 경우가 많았다.

셋째 문장으로 밀려난 서술이 아직도 술술 읽히지 않는다. 이 앞에 다음 문장을 넣으면 어떨까.

수정문   선택된 수컷들은 동네 수컷들과 다른 노래를 불렀다.

이 문장을 추가해 두괄식을 강화한 문단은 다음과 같이 된다.

제노베사 섬에서 그랜트 부부를 놀라게 한 현상이 한 가지 더 있었다. 암컷들이 '이웃 남자와 다른 노래를 부르는 남자'를 선택하는 것이었다. 선택된 수컷들은 동네 수컷들과 다른 노래를 불렀다. 즉, 짝짓기에 성공한 수컷들 중에서 '같은 노래를 부르는 수컷을 이웃으로 둔 수컷'이 한 마리도 없었다. 반면 짝을 짓지 못한 홀아비 수컷들의 경우, A가수 옆집에 A가수가 살거나 B가수 옆집에 B가수가 사는 경우가 많았다.

다음 문단을 읽어보자. 첫째 문장이 문단 전체의 내용을 반영하는가? 그렇지 않다면 어떻게 수정하면 좋을까?

예시문 2016년 중국의 암모니아와 요소의 생산량은 전년 대비 각각 7.9%, 7.2% 감소했다. <u>암모니아의 상당 부분이 요소비료로 투입되니 두 제품의 생산 증감 추이는 같은 추세일 수밖에 없다.</u> 그런데 2017년 1분기 암모니아 생산량은 전년 동기 대비 9.2% 감소했고 요소비료 생산량은 21.8%나 줄어 두 해 연속 감소세가 지속되고 있다.

한편 밑줄 그은 문장은 최근 흐름을 설명하는 내용이 아니고 배경 지식에 해당한다. 그렇다면 자리를 옮기는 편이 낫지 않을까?

수정문1 중국의 암모니아와 요소 생산량이 지난해에 이어 올해 들어서도 감소세를 보이고 있다. 2016년 두 제품의 생산량은 전년 대비 각각 7.9%, 7.2% 줄었다. 2017년 1분기 암모니아 생산량은 전년 동기 대비 9.2% 감소했고 요소 생산량은 21.8% 급감했다. <u>암모니아의 상당 부분이 요소비료로 투입돼, 두 제품의 생산량 증감은 같은 추세로 움직인다.</u>

시간 순서로 쓸 필요 없다. 가까운 시기부터 얘기하는 편이 낫다. 다음과 같이 더 바꿀 수 있다.

중국의 암모니아와 요소 생산량이 지난해에 이어 올해 들어서도 감소

세를 보이고 있다. 2017년 1분기 암모니아 생산량은 전년 동기 대비

9.2% 감소했고 요소 생산량은 21.8% 급감했다. 2016년 두 제품의 생

산량은 전년 대비 각각 7.9%, 7.2% 줄었다. 암모니아의 상당 부분이

요소비료로 투입돼, 두 제품의 생산량 증감은 같은 추세로 움직인다.

첫 문장으로
낚아채라

2007년 4월 미국 버지니아공대에서 한국계 미국 영주권자 조승희가 총기를 난사해 32명이 숨졌을 때 이태식 당시 주미 한국대사는 "한국과 한국인을 대신해 유감과 사죄를 표한다"며 대한민국이 미국에 큰 잘못을 저지른 것처럼 머리를 조아렸다. 이 대사는 이것만으로는 부족하다고 생각했는지 자성해야 한다면서 32일 동안 금식하자고 제안했다. 정작 미국에서는 "한국과 무관한 일"이라는데도 주미대사가 '우리가 잘못했으니 밥을 굶어야 한다'는 식의 태도를 취한 것은 미국에 대한 한국의 인식이 어떤지를 잘 보여 준다.

_한국일보 2017년 6월 22일자

첫 문장을 다시 읽어보자. 첫 문장으로는 긴 편이다. 이 문장에는 정보도 너무 많다. 다음 첫 문장들을 참고하라. 간결한 몸놀림으로 독자의 관심을 잡아채지 않는가.

- "총통이 아신다면!"
- 금지란 치명적인 유혹의 언어다.
- 디지털 온라인 시대는 과학의 풍경도 많이 바꾸어놓았다.

예시한 첫 문장을 어떻게 나누면 좋을까. "총통이 아신다면!"이 힌트다. 상황과 주어를 빼고 인용된 말을 따서 앞에 세우는 것이다. 이를테면 다음 말로 글을 시작하는 것이다.

수정문 "한국인에게 사죄와 함께 32일 동안의 금식을 제안한다."

필자가 자신이 무언가를 알게 된 상황으로 독자를 이끄는 방식도 있다. 다음과 같이 말이다. 이 첫 문장에는 질문이 무엇인지 내용이 없다. 그 내용을 넣으면 첫 문장이 길게 늘어진다. 이 문장은 대신 언제 누구에게 물었다고만 들려준다. 부사 '슬그머니'를 넣어 독자를 궁금하게 한다.

지난해 11월 국립생태원장으로 재직 중이었던 진화생물학자 최재천 이

화여대 석좌교수를 인터뷰했을 때 슬그머니 물었다. "페미니스트들은 진화론을 여성비하적이라고 비판하는데…." 최 교수는 몇몇 학자들이 잘못 소개했다고 했다. 최 교수는 2004년 여성단체연합으로부터 '올해의 여성운동상'을 받았다. 과학적 근거로 호주제 폐지에 대한 정당성을 제시했다는 공로였다.

아래 첫 문장들도 길다. 각 첫 문장을 어떻게 나누고 어떤 부분을 앞세우면 좋을지, 아니면 시작할 부분을 새로 지어 앞에 붙일지 궁리해보자.

2009년 신영철 당시 대법관의 '촛불 재판' 개입 사건 이후 8년 만에 19일 전국 법관대표회의가 개최돼 이른바 '법관 블랙리스트' 사건에 대해 추가 조사를 결의했다. 그런데 이 사건에 대해서는 이미 지난 3월 대법원이 자체 진상조사단을 구성, 조사를 마쳤다. 이 법관회의의 결정에 대해 사법부 내부에서는 갑론을박(甲論乙駁)이 계속되고 있다.

"보기 좋은 떡이 먹기도 좋다"고 했던 것처럼 미술관에 가장 중요한 것은 소장품이지만 그 소장미술품을 보관하고 전시하는 그릇인 건물도 매우 중요하다. 소장품과 함께 특별한 건물로 세상의 이목을 집중시키면서 등장한 미술관은 다름 아닌 뉴욕의 구겐하임 미술관, 공식 명칭은 솔로몬 R 구겐하임 미술관이다.

미국 청년 오토 웜비어(22)의 사망은 김정일에 의한 2002년 일본인 납치 고백 직후 일본을 경험한 필자로선 북한의 '학습효과 제로'에 절망하게 했다. 2016년 1월 평양에 놀러 갔다가, 호텔에서 '제국주의 타도'란 선전물을 훔치고는 15년의 노동교화형을 선고받고 혼수상태에서 미국으로 귀환한 웜비어의 사망 소식이야말로 북한이란 국가의 100점 만점 평가에 감점 70점을 줘도 모자라지 않다.

첫 문장과 다음 문장은 술술 이어져야 한다. 이런 측면을 염두에 두고 앞에서 예시한 첫 문장으로 시작하는 문단을 읽어보자.

"총통이 아신다면!"
나치의 선전장관 요제프 괴벨스가 입버릇처럼 내뱉던 말이다. 히틀러 총통이 (이 사실을) 아신다면 모든 걸 해결할 수 있다는 의미다. 괴벨스는 아돌프 히틀러를 완전무결한 신과 같은 존재로 포장했고, 독일 국민들은 그렇게 믿었다.

금지란 치명적인 유혹의 언어다. 인간은 금지하는 대상에 대한 욕망을 포기하지 않는 동물이다. 인간은 본능적으로 취사선택이 가능한 존재를 무시하고 금단의 열매를 갈구한다. 책세상에도 이 법칙은 변함없이 적용된다. 문학계에는 금서라 불리는 가치재가 존재한다. 금서란 죽기 전에 반드시 읽어야 한다는 지적강박을 부여하는 불멸의 언어집합소다.

디지털 온라인 시대는 과학의 풍경도 많이 바꾸어놓았다. 큰 변화를 꼽으라면, 나는 누구나 볼 수 있는 온라인 학술저널과 공개 정보가 크게 늘어난 점, 그리고 연구 결과가 논문으로 발표된 뒤에 익명의 온라인 사후심사가 활발해진 점을 들겠다. 아쉽게도 우리나라 얘기가 아니라 주로 영어권의 얘기다.

제목으로
흥행하는 법

이 꼭지는 예시문을 먼저 제시하는 관례에서 벗어남에 대해 양해를 구한다. 예시문이 긴 편이다. 칼럼의 뒷부분을 생략했는데도 길다. 그러나 시간을 들여 신경을 써서 읽어주시기 바란다. 그래야 이 주제를 함께 논의할 수 있다.

오는 1일은 홍콩의 주권이 중국에 반환된 지 20년 되는 날이다. 1839년 제1차 아편전쟁으로 1842년 홍콩 섬 지역이 영국에 할양됐고 1860년 구룡반도까지 영국 통치하에 들어간 뒤 1898년 신계(新界) 지역을 99년간 조차함으로써 완성됐던 영국령 홍콩은 제2차 세계대전 때의 일본 점령기를 제외하면 계속 영국의 통치를 받은 결과 중국 본토에 접하지만 영국 영향을 받으며 아시아에서 중국의 제도적 영향력과는 구분되는 무역과 금융 중심지로 특별한 위치를 지녔다.

홍콩은 지금도 '일국가(一國家), 이체제(二體制)' 원칙에 따라 별도의 경제 시스템을 유지하고 있다. 물론 주권이 중국에 반환될 당시 아시아에서 독보적이었던 홍콩의 경제적 지위가 계속 유지될지 의문도 있었고, 최근 홍콩의 2%대 실질 경제성장률을 보면 주권의 중국 반환 이후 과거에 비해 경제력이 약화된 것 아니냐는 지적이 있기도 하다. (중략)

오히려 홍콩은 주권 반환 이후 더욱 커진 중국과의 실물경제 연계를 바탕으로 중국이 높은 경제성장률을 보일 때는 성숙경제로서 경이적인 7~8% 성장률을 보이기도 했다. 그럼에도 홍콩이 과거 아시아에서 누렸던 압도적인 위치를 유지할지는 의문이 제기되고 있다. 예를 들어 중국 광둥성과 홍콩의 경계를 이루는 선전(深圳) 지역은 과거 홍콩과 마카오의 배후 거점 정도로 이해됐지만, 경제특구로 지정된 이후 지금은 홍콩과 맞먹는 경제권으로 발전하고 있다. (중략)

그러나 여전히 아시아에서 현재까지 다른 국가나 경제가 홍콩을 따라가기 어려운 것이 금융 분야다. 홍콩은 중국 경제와 연계된 위안화에 대해 역외시장의 기능을 하는 것과 별도로, 주권 반환 이전과 마찬가지로 아시아 지역 최고의 국제금융 중심지 역할을 한다. 예를 들어 '국제금융 중심지 인덱스'나 '금융발전지수'같이 금융 중심지로서의 경쟁력이나 금융 발전 정도를 평가하면 홍콩은 런던·뉴욕·싱가포르와 함께 세계 최고 상위권에 속한다. 또한 국제 투자자들이 참고하는 투자처로서의 매력에 관한 각종 지표도 일본, 싱가포르와 함께 아시아에서는 여전히 가장 높다.

그런데 이러한 금융 안정성과 투자처로서의 매력은 영국에서 이식된 제도가 큰 역할을 하고 있는 것으로 평가된다. 특히 금융제도의 예측 가능성과 엄격한 투자자 보호, 그리고 사법 안정성 등 영국 제도에서 긍정적으로 평가하는 부분이 홍콩에 유효하게 이식된 것으로 평가된다. 예를 들어 홍콩 증권거래소는 기업공개에서 세계적인 수준인데, 이러한 기업공개가 가능한 이유 중 하나로 투자자 보호를 중요시하는 영국 금융의 전통이 역할을 하는 것으로 지적된다. (하략)

_매일경제 2017년 6월 29일자

필자가 이 칼럼에 담고자 한 메시지를 파악하셨는지. 그 메시지는 여기 인용한 다섯 문단 중 어디에 있나.

필자는 중국에 반환된 이후 홍콩 경제의 미래에 대해 의문이 제기되고 있으나 금융 안정성과 투자처로서의 매력에는 흔들림이 없다며, 이런 저력은 영국이 이식한 제도의 기반에서 나온다고 분석했다. 첫 문단에 이 메시지를 담았으면 좋았겠지만, 내가 이 꼭지에서 말하고자 하는 바는 글의 첫 문단이나 첫 문장을 두괄식에 따라 작성하라는 것은 아니다. 두괄식의 측면에서 첫 문장과 첫 문단의 역할은 이미 강조한 바 있다. 이 꼭지에서는 제목이 중요함을 두괄식의 관점에서 설명하려고 한다. 나는 예시문을 제목 없이 인용했다. 그렇게 하지 않고 신문에서 뽑은 제목 '홍콩을 지키는 영국 금융제도'를 유지하고 칼럼을 인용했다면 어땠을까.

제목이 없는 칼럼은 앞 네 문단을 읽도록 메시지가 등장하지 않아 '필자가 말하고자 하는 바의 초점이 무엇인지' 궁금증을 자아낸다. 답답하다. 그러나 제목이 붙은 칼럼을 읽을 때에는 궁금하지 않고 답답하지도 않다. 여기서 우리는 제목의 중요성을 새삼 확인할 수 있다. 제목은 독자를 글로 끌어들이는 여리꾼 역할을 하는 동시에, 글의 메시지를 압축함으로써 독자로 하여금 감을 잡고 글을 읽도록 돕는다. '무엇에 대해서 어떤 방향으로 말한다'는 것을 알려주는 역할을 하는 것이다. 그런 역할을 하는 제목이 없는 글을 읽는 독자는 주제를 파악하는 데 신경을 써야 한다. 이를테면 독자가 초점을 맞추는 과정을 거쳐야 하는 것이다. 효율이 떨어지는 셈이다. 이런 측면에서 제목은 '두괄식의 첨병'이다.

이 점을 다른 칼럼의 다음 도입부를 읽으며 확인해보자. 주제는 '청년 실업 해소와 일자리 창출'이다. 그런데 필자가 이 과제와 관련해 어떤 주장을 펼지 실마리가 전혀 보이지 않는다.

청년 실업 해소와 일자리 창출에 대한 논의가 분분하다. 통계청에 따르면 지난 4월 15~29세 청년실업률은 11.2%로 외환위기 이후 최고치를 경신했다. 경제협력개발기구(OECD)에 따르면 30~59세의 중·장년 실업률 대비 청년실업률은 한국이 3.54배로 가장 높다. OECD 국가의 평균은

2013년 이후 감소하고 있는데 한국만 유독 세계적인 추세에 역행하고 있다고 한다.

청년 실업 문제는 개인적 고통을 넘어 그동안 쌓아온 인적 자본의 상실로 이어져 국가 경제적으로도 큰 손실이다. 뿐만 아니라 청년들이 일터에서 지식과 기술을 습득할 기회를 얻지 못해 중·장년 실업으로 연결되고 결국 정부 지원이 필요한 계층으로 편입될 가능성이 높다는 점에서도 매우 심각하다.

여기에 제목 '일자리 창출, 적극적인 조세정책이 필요하다'를 붙인 후 다시 읽어보자. 읽는 속도와 효율이 훨씬 나아짐을 느낄 수 있다.

이런 의문이 제기될 수 있다. '첫 문장이나 첫 문단에서 논지를 드러내는 두괄식으로 글을 구성했다. 그렇게 한 뒤 제목도 두괄식으로 뽑아서 달면, 제목과 도입부가 같은 핵심 단어로 반복되는 문제가 생기지 않을까?' 타당한 문제제기다. 글의 도입부가 핵심을 잘 담아냈다면 제목은 독자를 끌어들이는 역할에 더 비중을 두고 뽑아내면 된다. 독자를 끌어들이지 못하는 제목은 실패한 제목이다. 책의 운명을 좌우하는 3T가 있다고 하는데, 그중 으뜸이 타이틀(title)이다. 나머지 둘은 타이밍(timing)과 타깃(target)이다. 시의적절하게 뚜렷한 대상을 정해 책을 내야 하지만, 제목이 눈길을 끌지 못하면 흥행에 성공하지 못한다. 보고서를 쓸 때도 제목에 신경을 써야 한다.

내부 보고서가 아니라 대외로 공표하는 자료일 경우 제목에 신경을 써야 한다. 제목 초안을 다음 기준에 비추어 검토하고 고치면 더 낫게 뽑을 수 있다.

- 논문 제목 같은가, 서점의 매대에 있는 상업적인 책의 제목 같은가
- 설명적인가, 아니면 비유와 은유를 활용했는가
- 포괄적인가, 구체적인가
- 무미건조한가, 재미있는가

이 과정을 고친 뒤 제목을 더 개선하려면 그 단계에서는 창의력을 발휘해야 한다. 같은 뉴스에 여러 활자매체가 각각 어떤 제목을 붙였는지 비교해서 읽으면 제목 뽑는 솜씨가 길러진다는 팁만 하나 제공한다.

주어와
술어의 거리

국내 업체들의 음성인식 스피커는 1) 불편함을 뛰어넘을 충분한 가치를 제공해 많은 이용자를 확보할 수 있는지, 2) 음성 검색 인터페이스의 최적화로 이용가치를 극대화할 수 있는지, 3) 기존 수익원의 추가 매출성장 동력을 마련할 수 있는지에 성공이 달려 있다고 본다.

우리말은 주어와 술어의 거리가 멀다. 술어가 문장의 맨 마지막에 오는 어법 탓이다. 이를 고려해도 주어와 술어 사이가 너무 멀어지게 되는 경우는 피해야 한다.

예시문은 음성인식 스피커가 성공을 거둘지 여부를 가르는 변수로 세 가지를 꼽았다. 주어 '국내 업체들의 음성인식 스피커'와 술어 '성공이 달려 있다고 본다' 사이가 멀다. 주어와 술어를 더 가깝게 붙이는 서술 방식을 생각해보자.

다음과 같이 '성공'을 앞으로 당겨와 주어에 포함하면 화자가 이 문장으로 말하고자 하는 바가 앞부분에서 드러난다. 독자가 문장을 읽으면서 의미를 파악하기 쉬워진다.

수정문1 국내 업체들의 음성인식 스피커의 성공은 1) 불편함을 뛰어넘을 충분한 가치를 제공해 많은 이용자를 확보할 수 있는지, 2) 음성 검색 인터페이스의 최적화로 이용가치를 극대화할 수 있는지, 3) 기존 수익원의 추가 매출성장 동력을 마련할 수 있는지에 달려 있다고 본다.

다른 방법은 없을까. 변수가 셋이라는 점을 먼저 말한 뒤 열거하는 방법이 가능하다.

수정문2 국내 업체들의 음성인식 스피커의 성공은 세 가지 변수에 달려 있는데, 1) 불편함을 뛰어넘을 충분한 가치를 제공해 많은 이용자를 확보할 수 있는지, 2) 음성 검색 인터페이스의 최적화로 이용가치를 극대화할 수 있는지, 3) 기존 수익원의 추가 매출성장 동력을 마련할 수 있는지다.

세 가지를 열거하는 부분에 주어가 없어서 어색하다면 문장의 마지막을 '~을 마련할 수 있는지가 그 세 가지다'라고 해도 좋겠다. 다음처럼 세 가지 변수를 각각 서술하는 대안도 생각할 수 있다.

수정문3 국내 업체들이 음성인식 스피커에서 성공을 거두려면 1) 불편함을 뛰어넘을 충분한 가치를 제공해 많은 이용자를 확보해야 하고, 2) 음성검색 인터페이스 최적화로 이용가치를 극대화해야 하며, 3) 기존 수익원의 추가 매출성장 동력을 마련해야 한다.

이제 연습문제를 풀어보자.

> 먼저 미국 은행들의 재무건전성이 강화됐다. 최근 미국 은행 34개 모두 연방준비제도의 재무건전성 평가를 통과했다. 〈그림1〉에서 보듯이 미국 은행들의 보통주자본비율은 연준의 최소 요구수준인 4.5%를 상회하고 있다. 이를 통해 미국 은행들은 실질 GDP 6.5% 하락, 실업률 10%까지 상승, 2017년 주가 50% 폭락, 2019년까지 주택가격 25%와 상업용 부동산가격 35% 폭락 등 2008년 글로벌 금융위기와 같은 심각한 경기침체에도 버틸 수 있는 충분한 자본을 확보한 것으로 평가할 수 있다.

넷째 문장이 너무 길고 주어 '미국 은행들'과 술어 '평가할 수 있다' 사이가 멀다. 문장을 둘로 나누는 대안이 있다. 둘로 나눌 때에는 대개 첫째 문장에서 개략적으로 말하고 둘째 문장에서 구체적으로 설명한다.

수정문 이로써 미국 은행들은 2008년 글로벌 금융위기와 같은 심각한 경기 침체도 견딜 수 있는 자본을 확보한 것으로 평가된다. 즉 실질 GDP 6.5% 하락, 실업률 10%까지 상승, 2017년 주가 50% 폭락, 2019년까지 주택가격 25%와 상업용 부동산가격 35% 폭락 등의 충격도 이겨낼 만큼 자본을 충분히 쌓아두었다는 것이다.

서울대학교 문리대 4·19 선언문

상아의 진리탑을 박차고 거리에 나선 우리는 질풍과 같은 조류에 자신을 참여시킴으로써 이성과 진리, 그리고 자유와 대학 정신을 현실의 참담한 박토에 뿌리려 하는 바이다. 오늘의 우리는 자신들의 지성과 양심의 엄숙한 명령으로 하여 사악과 잔학의 현상을 규탄, 광정하려는 주체적 판단과 사명감의 발로임을 떳떳이 천명하는 바이다.

<u>우리의 지성은 암담한 이 거리의 현상이 민주와 자유를 위장한 전제주의의 표독한 전횡에 기인한 것임을 단정한다.</u> **무릇 모든 민주주의의 정치사는 자유의 투쟁사이다. 그것은 또한 여하한 형태의 전제로 민중 앞에 군림하든 '종이로 만든 호랑이' 같은 해슬픈 것임을 교시한다.**

한국의 일천한 대학사가 적색전제에의 과감한 투쟁의 거획을 장하고 있는데 크나큰 자부심을 느끼는 것과 꼭 같은 논리의 연역에서, 민주주의를 위장한 백색전제에의 항의를 가장 높은 영광으로 우리는 자부한다. **근대적 민주주의의 근간은 자유다.** 우리에게서 자유는 상실되어가고 있다는 것을, 아니 송두리째 박탈되고 있다는 것을 우리는 이성의 혜안으로 직시한다.

이제 막 자유의 전장엔 불이 붙기 시작했다. 정당히 가져야 할 권리를 탈환하기 위한 자유의 투쟁은 요원의 불길처럼 번져가고 있다. 자유의 전역은 바야흐로 풍성해가고 있는 것이다. 민주주의와 민중의 공복이며 중립적 권력체인 관료와 경찰은 민주를 위장한 가부장적 전제 권력의 하수인으로 발 벗었다.

민주주의 이념의 최저의 공리인 선거권마저 권력의 마수 앞에 농단되었다. 언론, 출판, 집회, 결사 및 사상의 자유의 불빛은 무시한 전제 권력의 악랄한 발악으로 하여 깜박이던 빛조차 사라졌다. 긴 칠흑 같은 밤의 계속이다.

나이 어린 학생 김주열의 참시를 보라! 그것은 가식 없는 전제주의 전횡의 발가벗은 나상밖에 아무것도 아니다. 저들을 보라! 비굴하게도 위하와 폭력으로써 우리들을 대하려 한다. 우리는 백보를 양보하고라도 인간적으로 부르짖어야 할 것 같은 학구의 양심을 강렬히 느낀다.

보라! 우리는 기쁨에 넘쳐 자유의 햇불을 올린다. 보라! 우리는 캄캄한 밤의 침묵에 자유의 종을 난타하는 타수의 일익임을 자랑한다. 일제의 철퇴 아래 미칠 듯 자유를 환호한 나의 아버지, 나의 형들과 같이…….

양심은 부끄럽지 않다. 외롭지도 않다. 영원한 민주주의의 사수파는 영광스럽기만 하다. 보라! 현실의 뒷골목에서 용기 없는 자학을 되씹는 자까지 우리의 대열을 따른다. 나가자! 자유의 비밀은 용기일 뿐이다. 우리의 대열은 이성과 양심과 평화, 그리고 자유에의 열렬한 사랑의 대열이다. 모든 법은 우리를 보장한다.

단기 4293년 4월 19일 서울대학교 문리대 학생 일동

글에서 문단은 각각 축구팀의 포지션처럼 역할을 맡아야 한다. 예를 들어 칼럼에서 어떤 문단은 기존 논의를 반박한다. 상대방 공세에 대해 수비를 하는 역할을 하는 것이다. 어떤 문단은 공(논의)을 다른 쪽으로 굴린다. 또 다른 문단은 공을 이어받아 공격수에게 넘긴다. 공격수 문단은 주장을 날카롭게 벼려 골에 꽂는다. 이 밖에 현란한 드리블과 패스로 독자에게 즐거움을 덤으로 주는 문단도 있다.

낱말이 모여서 문장이 되고, 문장이 문단을 이루고, 문단으로 글을 구성한다. 이 가운데 문단의 역할에 대한 이해 및 활용 정도가 낮은 실정이다. 짜임새 있는 글을 쓰려면 문단에 공을 들여야 한다.

글을 문단의 역할에 주목하면서 읽으면 도움이 된다. 각 문단이 글에서 어떤 포지션을 맡고 있는지, 한 문단에 여러 역할을 부여한 결과 같은 얘기가 뒤섞여서 두세 문단에 걸쳐 반복되는 것은 아닌지 살펴보자. 이런 연습을 해두면 글을 쓸 때 문단을 가지런하게 전개할 수 있다.

위 예시문을 밑줄 그은 부분 위주로 다시 읽어보자. 자유와 민주가 짓밟힌 현실과 그렇게 된 원인과 제도, 마침내 빚어진 참사를 비판하는 문장들이다. 이들 문장을 모아 문단을 아래와 같이 재구성하는 대안이 있다.

우리의 지성은 이 거리의 암담하고도 찬란한 현상이 민주와 자유를 위장한 전제주의의 표독한 전횡에 기인한 것임을 단정한다. 그로 인해 우리에게서 자유는 상실되어가고 있다는 것을, 아니 송두리째 박탈되고 있다는 것을 우리는 이성의 혜안으로 직시한다.

민주주의와 민중의 공복이며 중립적 권력체인 관료와 경찰은 민주를 위장한 가부장적 전제 권력의 하수인으로 발 벗었다. 민주주의 이념의 최저의 공리인 선거권마저 권력의 마수 앞에 농단되었다. 언론, 출판, 집회, 결사 및 사상의 자유의 불빛은 무시한 전제 권력의 악랄한 발악으로 하

> 여 깜박이던 빛조차 사라졌다. 긴 칠흑 같은 밤의 계속이다.
> **나이 어린 학생 김주열의 참시를 보라! 그것은 가식 없는 전제주의 전횡의 발가벗은 나상밖에 아무것도 아니다. 저들을 보라! 비굴하게도 위하와 폭력으로써 우리들을 대하려 한다.**

굵은 글자로 표시한 세 문장은 자유민주주의 체제를 복원해야 하는 당위를 주장한다. 이 부분이 더 보강됐다면 글이 더 탄탄해졌으리라고 생각한다. 이 세 문장도 모아놓을 수 있다.

> 근대적 민주주의의 근간은 자유다. 무릇 모든 민주주의의 정치사는 자유의 투쟁사이다. 민주주의의 역사는 여하한 형태이든지 전제주의는 '종이로 만든 호랑이' 같은 해슬픈 것임을 교시한다.

나머지 문장들은 시위의 의의를 다각도로 강조하며 동참을 촉구한다. 이들 문장도 재구성하는 방안이 있다. 동참을 촉구하는 마지막 두 문단의 순서를 바꾸면 어떨까? 도입부는 더 나은 대안이 없을까? 이런 고려를 반영해 재구성한 선언문은 다음과 같다. 찬찬히 비교하면서 차이를 파악해보기 바란다.

서울대학교 문리대 4.19 선언문

바야흐로 자유의 전장에 불이 붙기 시작했다. 정당히 가져야 할 권리를 탈환하기 위한 자유의 투쟁이 요원의 불길처럼 번져가고 있다. 자유의 전역이 풍성해가고 있는 것이다.

우리의 지성은 이 거리의 암담하고도 찬란한 현상이 민주와 자유를 위장한 전제주의의 표독한 전횡에 기인한 것임을 단정한다. 그로 인해 우리에게서 자유는 상실되어가고 있다는 것을, 아니 송두리째 박탈되고 있다는 것을 우리는 이성의 혜안으로 직시한다.

민주주의와 민중의 공복이며 중립적 권력체인 관료와 경찰은 민주를 위장한 가부장적 전제 권력의 하수인으로 발 벗었다. 민주주의 이념의 최저의 공리인 선거권마저 권력의 마수 앞에 농단되었다. 언론, 출판, 집회, 결사 및 사상의 자유의 불빛은 무시한 전제 권력의 악랄한 발악으로 하여 깜박이던 빛조차 사라졌다. 긴 칠흑 같은 밤의 계속이다.

나이 어린 학생 김주열의 참시를 보라! 그것은 가식 없는 전제주의 전횡의 발가벗은 나상밖에 아무것도 아니다. 저들을 보라! 비굴하게도 위하와 폭력으로써 우리들을 대하려 한다. 우리는 백보를 양보하고라도 인간적으로 부르짖어야 할 것 같은 학구의 양심을 강렬히 느낀다.

근대적 민주주의의 근간은 자유다. 무릇 모든 민주주의의 정치사는 자유의 투쟁사이다. 민주주의의 역사는 여하한 형태이든지 전제주의는 '종이

구조부터 세웁시다, 튼튼하게

로 만든 호랑이' 같은 해슬픈 것임을 교시한다.

상아의 진리탑을 박차고 거리에 나선 우리는 질풍과 같은 조류에 자신을 참여시킴으로써 이성과 진리, 그리고 자유와 대학 정신을 현실의 참담한 박토에 뿌리려 하는 바이다. 오늘의 우리는 자신들의 행동이 지성과 양심의 엄숙한 명령으로 하여 사악과 잔학의 현상을 규탄, 광정하려는 주체적 판단과 사명감의 발로임을 떳떳이 천명하는 바이다.

한국의 일천한 대학사가 적색전제에의 과감한 투쟁의 거획을 장하고 있는 데 크나큰 자부심을 느끼는 것과 꼭 같은 논리의 연역에서, 우리는 민주주의를 위장한 백색전제에의 항의를 가장 높은 영광으로 자부한다. 이는 일제의 철퇴 아래 미칠 듯 자유를 환호한 나의 아버지, 나의 형들을 따르는 장거이다.

양심은 부끄럽지 않다. 외롭지도 않다. 영원한 민주주의의 사수파는 영광스럽기만 하다. 보라! 현실의 뒷골목에서 용기 없는 자학을 되씹는 자까지 우리의 대열을 따른다. 우리의 대열은 이성과 양심과 평화, 그리고 자유에의 열렬한 사랑의 대열이다.모든 법은 우리를 보장한다.

보라! 우리는 기쁨에 넘쳐 자유의 횃불을 올린다. 들으라! 우리는 캄캄한 밤의 침묵에 자유의 종을 난타하는 타수의 일익임을 자랑한다. 나가자! 자유의 비밀은 용기일 뿐이다.

각주가
도움이 되려면

서로 다른 분야에서 최고의 존재인 그들이 모여 수많은 주제들을 연결해 이야기하는 과정 자체가 색다른 경험으로 다가온다. 그 수많은 이야기들이 나에게 큰 도움이 안 되는 지식이라 할지 몰라도, 잡학다식이 '알쓸신 잡'[*] 일지 몰라도 반갑다.

[*] 케이블채널 tvN의 예능프로그램 이름으로 '알아두면 쓸데없는 신비한 잡학사전'을 줄인 말

이 인용문은 새로운 용어 등을 설명하는 방식을 보여주기 위해 제시했다. 본문의 흐름을 유지하면서 설명이 필요한 부분은 이와 같이 각주로 처리하면 좋다.

아래는 기본소득에 대한 한국은행 자료 중 일부다. 비교적 새로

운 용어에 *기호로 표시하고 아래에 설명을 붙였다.

> □ 사회보험 미가입자 등 기존 사회안전망의 사각지대에 있는 대상에게
> 도 지원이 가능하여 사회안전망 강화 및 양극화 해소에도 도움
>
> ○ 소득수준과 무관하게 모두에게 기본소득이 지급되어 소위 빈곤의 덫[*]
> (poverty trap)으로 알려진 기존 복지제도의 문제점을 해결 가능
>
> * 임금의 증가로 복지혜택 수혜의 기회를 상실할 것을 우려하여 소극적으로 근로행위를 하
> 면서 낮은 수준의 복지급여에 계속 머물러 있는 상황

같은 자료의 다른 부분에서는 각주를 다르게 활용했다. 이 경우
읽는 흐름이 끊기는 단점이 있다. 수정한 자료와 비교해보자.

원문

> □ 핀란드 정부는 기본소득이 실업률을 하락[*]시키는지 여부 등을 분석
> 하여 향후 도입에 활용할 계획으로 기본소득 실험을 올해부터 시행
>
> * 핀란드의 경우 실업급여가 저소득 일자리의 급여보다 높아 구직을 포기하는 대신 실업급
> 여를 선택하는 등 현 사회복지제도의 문제점이 끊임없이 대두
>
> ○ 핀란드 기본소득 파일럿 테스트는 금년 1월부터 시작해 2018년까지
> 실업자 2,000명[*]을 대상으로 560유로[**]의 기본소득을 제공

* 25~58세 실업급여 대상자 중 무작위로 선택되어 본인의사와 소득변화에 상관없이 제공

** 기초실업수당 또는 노동시장보조금으로 매월 지급되는 약 700유로에서 20%의 세금을 제외한 금액

○ 핀란드의 기본소득 실험은 한정된 지역에서 실시되었던 과거 실험과는 달리 정부주도하에 국가 차원에서 진행되는 실험이라는 점에서 의의

▫ 핀란드 정부는 기본소득 파일럿 테스트를 올해부터 시행

○ 현 사회복지제도의 실업급여가 저소득 일자리의 급여보다 높아, 구직을 포기하고 실업급여를 선택하는 등의 문제점이 끊임없이 대두

○ 파일럿 테스트에서 기본소득 제도가 실업률을 낮추는 것으로 분석될 경우 이 결과를 향후 기본소득 제도 도입에 활용할 계획

○ 파일럿 테스트는 금년 1월부터 시작해 2018년까지 실업자 2,000명을 대상으로 560유로의 기본소득을 제공
  – 25~58세 실업급여 대상자중 무작위로 선택되어 본인의사와 소득변화에 상관없이 제공
  – 기초실업수당 또는 노동시장보조금으로 매월 지급되는 약 700유로에서 20%의 세금을 제외한 금액

○ 핀란드의 기본소득 실험은 한정된 지역에서 실시되었던 과거 실험과는 달리 정부주도하에 국가 차원에서 진행되는 실험이라는 점에서 의의

다음 자료에서 구조상 ※기호로 표시한 부분을 다른 곳으로 옮기면 어떨지 생각해보자.

□ 산업은행(회장 이동걸)은 3일(월) 『KDB 키다리 아저씨』 9호 후원 대상으로 검정고시를 앞두고 있는 '탈북대안학교 모범학생' 4명을 선정하고 후원금 1천만 원을 전달하였다고 밝혔다.

※ 탈북대안학교

명　칭 : ○○○학교
소재지 : 서울 관악구 신사동
인　원 : 학생 35명, 교직원 24명(전담 4명, 외부 20명)
개　요
- 2010년 설립하여 탈북과정에서 교육기회를 상실하였거나 한국 교육에 적응이 어려운 학생에게 학교교육과 가정교육의 보완적 기능을 담당
- 탈북학생들의 욕구와 특성에 맞게 최적화된 교육환경 제공

○ 특히 조○○학생의 경우, 9년 전 어렵게 탈북하였으나 건강이 좋

지 않아 신장이식을 받고 계속되는 투석과 병상생활 속에서도 성실하게 초등 과정부터 시작하여 1년 만에 초·중등 과정을 우수한 성적으로 마치고 대입 검정고시를 앞두고 있다.

□ 탈북대안학교 윤○○ 교장은 "학생들 모두 일과 학업을 병행하며 어렵게 공부를 이어가고 있었는데, 이번 산업은행의 도움으로 학업에 더욱더 매진할 수 있게 되었다"며 감사를 전했다.

탈북대안학교 개요는 맨 아래에 붙이는 편이 낫지 싶다. 한편 마지막 문장 앞의 '□'는 '○'로 바꾸는 편이 어떨까 생각한다.

"
양괄식이
무난하다
.
"

한국을 위협하며 위세를 떨치던 중국 조선업이 급격히 쇠퇴하고 있다. 세계 1위를 차지하기 위해 무리하게 덩치를 키우다가 '수주 절벽'에 부딪혀 업계 전체가 줄도산할 위기에 처했다. 9일 월스트리트저널(WSJ)에 따르면 중국 조선업은 급격한 수요 부진으로 조선사들이 잇달아 문을 닫고 노동자들이 대거 해고되고 있다. 수천 명의 조선업 노동자들이 근무했던 중국 장쑤성의 이정시(市)만 해도 버려진 크레인과 만들다 만 녹슨 배만 남아있는 폐허로 변했다. (중략)

중국 조선업의 위기는 곧 한국 조선업의 기회로 연결된다. 당장 올 들어 수주 실적이 역전됐다. 클락슨에 따르면 지난 1월 세계 선박 발주량은 한국이 33만CGT, 중국은 11만CGT, 일본이 2만CGT로 한국이 1위를 차지

첫 문단에 결론을 쓰기 주저하는 요인은 그렇게 할 경우 끝에 할 말이 없어진다는 걱정이다. 그래서 자주 활용되는 양식이 양괄식이다. 앞에서 결론을 제시한 뒤 끝에서 다시 한 번 강조하는 방식이다. 이때 반복을 피하려면 도입부에서는 간략하게 제시하고 끝부분에서는 구체적으로 서술하고 의미를 부여하면 된다.

예로 든 기사는 중국 조선업의 위기가 한국 조선업에 반사이익을 주리라고 예상되기 때문에 다뤄졌다. 그렇다면 이 전망을 첫 문단에 반영해야 한다. 예를 들어 다음과 같이 고칠 수 있다. 첫 문단과 마지막 문단에서 같은 내용을 서술하는 문장은 표현을 다르게 했음을 눈여겨보자.

한국을 위협하며 위세를 떨치던 중국 조선업이 급격히 쇠퇴하고 있다. 중국 조선업의 위기는 곧 한국 조선업의 기회로 연결된다. 당장 올 들어 조선업 수주 실적에서 한국이 중국에 역전을 거뒀다.

중국 조선업은 세계 1위를 차지하기 위해 무리하게 덩치를 키우다가 '수주 절벽'에 부딪혔다. 버티지 못하는 조선업체가 잇따라 도산하고 있다. 9일 월스트리트저널(WSJ)에 따르면 급격한 수요 부진에 처한 중국 조선소들이 잇달아 문을 닫고 있다. 중국 장쑤성의 이정시(市)의 한 조선소는 버려진 크레인과 만들다 만 녹슨 배만 덩그라니 남은 폐허로 변했다. 이곳에서 조업하던 수천 명의 조선업 노동자들이 일자리를 잃었다. (중략)

중국의 생산능력 감소로 글로벌 발주량이 앞으로 상당 기간 한국으로 넘어올 것으로 전망된다. 이미 최근 세계 선박 수주량에서 한국이 중국을 크게 앞질렀다. 클락슨에 따르면 지난 1월 세계 선박 수주량은 한국이 33만CGT로 1위였고, 중국은 11만CGT, 일본이 2만CGT로 집계됐다. 교보증권 이강록 연구원은 "글로벌 발주량이 호황기 때를 회복하지 못한다 해도 중국 등 글로벌 조선 생산능력의 50% 이상이 감소돼 현대중공업, 삼성중공업 등 한국 대형조선소들의 먹거리로는 충분할 것"이라고 말했다.

앞의 '첫 문단을 고민하라'에서 예로 든 핵심요약문도 첫 문단에 결론을 제시할 경우 마지막 문단에서 결론을 다시 서술하는 양괄식이 된다. 양괄식으로 바꾼 핵심요약문은 이렇게 쓸 수 있다.

국내 전기로 제강사의 경쟁력을 제고하는 방안으로 철스크랩 종합 정보 플랫폼 구축, 철스크랩 업체의 규모 확대 유도 및 수익원 다양화, 전기로 원료로 직접환원철 등 대체철원의 혼용 등을 고려해야 한다.

국내 전기로 제강사들은 고로사들에 비해 세계시장에서의 입지가 취약하다. 전기로 제강사들의 경쟁력을 제고하려면 철스크랩과 관련된 애로를 해소해야 한다. 철스크랩은 전기로 제강의 핵심 원료로서 제조원가의 대부분을 차지하고, 철스크랩을 낮은 가격에 안정적으로 조달하는 것은 전기로 제강의 원가경쟁력에 직결된다. 현재 전기로 제강사들은 철스크랩의 79%를 국내에서 조달하고 21%는 수입한다.

국내 철스크랩은 규모가 영세한 중상을 중심으로 투기적인 수요가 많은 편이다. 이에 따라 실제 수요·공급 외에 기대심리가 더해져, 가격 상승 시 추가상승 기대로 가격이 왜곡되고 유통물량이 감소하는 '물량잠김' 현상도 발생한다. 이처럼 불안정한 수급환경은 제강사의 수익성에 악영향을 끼친다.

제강사와 철스크랩 업계의 안정적인 사업환경 조성을 위해서는 각종 거래 정보를 집중, 공유할 수 있는 철스크랩 종합 정보 플랫폼을 구축해 정보의 비대칭성을 해소하고 투기적 가격 변동성을 최소화해야 한다. 아울러 철스크랩 업계의 영세성을 극복하고 수익원을 다양화하여 고부가가치 스크랩을 공급하도록 유도할 필요도 있다. 제강사는 상대적 가격에 따라 철스크랩을 직접환원철 등 대체철원과 혼용함으로써 수익의 안정적 확보 및 제품 다변화 방안을 고려해야 한다.

2

논리로 승부합시다,
날카롭게

수사로 치장해 그 속에 뭔가 있는 듯하지만 들여다보면 내실이 없는 글이 간혹 보인다. 이와 비슷하게 문장이 논리적인 형식 속에 들어 있는데 실제 내용은 논리적이지 않은 글이 자주 눈에 띈다. '때문'과 '까닭', '이유'를 정확히 활용하지 않으면 글의 앞뒤가 맞지 않게 된다. 또 적절하지 않은 곳에 습관적으로 쓰인 '때문'을 읽는 독자는 피곤해진다. '때문'을 본 독자는 그 단어 앞뒤의 인과관계를 찾아보지만 그런 관계는 없기 때문이다.

'말이 된다'는 말이 있다. 말하는 내용이 이치에 맞다는 뜻이다. 이 말은 제대로 된 말의 요건에 '논리'가 있음을 전제로 한다. 말도 그럴진대 글은 더욱 조리가 있어야 하지 않을까. '글이 되게' 글을 써야 한다.

틀리기 쉬운
'까닭'

계절이 지나가는 하늘에는

가을로 가득 차 있습니다.

나는 아무 걱정도 없이

가을 속의 별들을 다 헤일 듯합니다.

가슴 속에 하나 둘 새겨지는 별을

이제 다 못 헤는 것은

쉬이 아침이 오는 까닭이요,

내일 밤이 남은 까닭이요,

아직 나의 청춘이 다하지 않은 까닭입니다.

논리로 승부합시다, 날카롭게

'때문'과 '까닭'은 둘 다 인과관계를 나타내는 데 쓰인다. 그러나 용례는 상반된다. '때문'은 '어떤 원인 때문에 이런 결과가 발생했다'는 식으로 쓰인다. 반면 '까닭'은 '이유'와 뜻이 같다. 예컨대 '이런 결과가 발생한 까닭은 무엇인가'로 활용된다.

원인 및 결과와 가까운 기준으로 설명하면, '때문'은 원인과 함께 쓰이고 '까닭'은 결과와 연결돼 쓰인다. 다음 예문에서 이를 확인해보자.

- 사랑하기 때문에 결혼했다.
- 그들이 헤어진 까닭은, 역설적이게도, 지독한 사랑이었다.

앞에 부분 인용한 윤동주의 시 〈별 헤는 밤〉을 '까닭'에 유념해 다시 읽어보자. '까닭'을 '이유'로 바꾸면 다음과 같이 된다.

가슴 속에 하나 둘 새겨지는 별을
이제 다 못 헤는 것은
쉬이 아침이 오는 이유요,
내일 밤이 남은 이유요,
아직 나의 청춘이 다하지 않은 이유입니다.

'이유'를 지우고 '때문'으로 인과관계를 풀어내면 이렇게 된다.

> 가슴 속에 하나 둘 새겨지는 별을
> 이제 다 못 헤기 때문에
> 쉬이 아침이 오는 것이요,
> 그러기 때문에 내일 밤이 남은 것이요,
> 그러기 때문에 아직 나의 청춘이 다하지 않은 것입니다.

인과관계가 뒤집혔음을 알 수 있다. '때문'을 제자리에 넣으면
다음과 같이 된다.

> 가슴 속에 하나 둘 새겨지는 별을
> 이제 다 못 헤는 것은
> 쉬이 아침이 오기 때문이요,
> 내일 밤이 남았기 때문이요,
> 아직 나의 청춘이 다하지 않았기 때문입니다.

같은 작품에서 시인은 '딴은 밤을 새워 우는 벌레는 / 부끄러운
이름을 슬퍼하는 까닭입니다'라고 노래했다. '부끄러운 이름을 슬

퍼하기 때문입니다'가 자연스럽다. 윤동주는 다른 시에서도 '때문' 자리에 '까닭'을 썼다. 다음은 시 〈길〉의 한 대목이다.

> 풀 한포기 없는
> 이 길을 걷는 것은
> 담 저쪽에 내가
> 남아있는 까닭이요

제임스 조이스는 단편집 《더블린 사람들》에서 잔잔한 일상에 김처럼 서리는 슬픔과 따스함을 세밀하고도 담백하게 그렸다. 내가 읽은 《더블린 사람들》 앞부분에 실린 번역자의 해설에 다음 문장이 있다.

예시문 22세가 되어 조이스가 더블린을 떠날 때까지 시내에서 20번이나 이사를 했는데, 그것도 살림이 어려운 까닭에서였다.

'그것도 살림이 어려웠기 때문이다'라고 써야 맞다. '그 이유도 어려운 살림이었다'라고 해도 되겠다. 이 문장에서 까닭을 살린다면 다음과 같이 써야 하겠다.

수정문　22세가 되어 조이스가 더블린을 떠날 때까지 시내에서 20번이나 이사를 했는데, 그것도 살림이 어렵다는 까닭에서였다.

　예시문과 수정문을 비교하면, 예시문에서 오해의 소지는 '어려운'에 있음을 알 수 있다. '그것도 살림이 어려운 까닭'은 '그것(잦은 이사) = 살림이 어려운 까닭(이유)'으로 읽힌다. 이 부분만 해석하면 '잦은 이사도 살림이 어려운 이유'가 된다.

　문인과 문학을 연구하는 학자도 이처럼 '까닭'을 깔끔하게 쓰지 못하는데, 하물며 일반인이랴. 다음 예문을 어떻게 고칠지 생각해 보자.

예시문　단절된 남북관계가 조만간 복원될 기미는 보이지 않는다. 사과와 책임자 처벌, 그리고 재발방지 약속에 관한 남한의 요구에 북한이 귀를 기울이지 않고 있는 까닭이다.

예시문　이 사회생물학 개념이 요즘 정치사회 분야는 물론 기업경영에서도 호응을 얻고 있다. 우리가 살아가고 있는 환경 또한 이 생명의 질서 속에서 형성되었고, 되고 있는 까닭이다.

예시문　기자 초년병 시절 과거시제의 문장을 쓸 때마다 스트레스를 받았다. 예를 들어 '했다' '갔다'로 문장을 마치면 데스크는 어김없이 '했었다' '갔었다'로 고쳐 출고한 때문이다.

NOTE

....

....

....

....

....

....

....

....

....

....

....

....

너무 많이 쓰기 '때문이다'

임박한 금리인상에 대해 주식시장은 긍정적, 채권시장은 부정적인 반응을 보였다. 3월 금리인상 가능성이 높아진 2월 중순 이후 주가지수는 소폭이나마 상승했고, 국채금리는 큰 폭으로 상승했기 때문이다.

이 예시문의 첫째 문장은 현상을 개괄해 설명했고, 둘째 문장은 그 현상을 구체적으로 서술했다. 따라서 둘째 문장 중 '때문이다'는 필요하지 않고 적절하지도 않다. 예시문은 다음과 같이 고치면 자연스러워진다. 수정한 문장은 읽기에도 편하다.

수정문 임박한 금리인상에 대해 주식시장은 긍정적, 채권시장은 부정적인 반응을 보였다. 3월 금리인상 가능성이 높아진 2월 중순 이후 주가지수는 소폭이나마 상승했고, 국채금리는 큰 폭으로 상승했다.

비슷한 유형의 다음 연습문제를 풀어보자. '때문이다'를 어떻게 바꾸면 좋을까.

예시문 이번 인사의 또 다른 특징은 김 대통령의 강력한 친정 체제 구축이다. 김 대통령이 주요 부처 장관에 자신과 철학을 공유하고 오랫동안 함께해온 정치인들을 기용했기 때문이다.

수정문1 이번 인사의 또 다른 특징은 김 대통령의 강력한 친정 체제 구축이다. 김 대통령은 주요 부처 장관에 자신과 철학을 공유하고 오랫동안 함께해온 정치인들을 기용했다.

둘째 문장이 첫째 문장을 설명하는 역할을 한다는 점을 드러내고자 한다면 다음과 같이 둘째 문장을 '것이다'로 마무리하는 방법이 있다.

수정문2 이번 인사의 또 다른 특징은 김 대통령의 강력한 친정 체제 구축이다. 김 대통령이 주요 부처 장관에 자신과 철학을 공유하고 오랫동안 함께해온 정치인들을 기용한 것이다.

다음 두 문장도 둘째 문장의 '때문이다'로 묶였다. 여기서도 '때문이다'가 적합하지 않다. 두 문장은 인과관계가 아니라 'A가 아니라 B'라는 관계로 이어진다.

예시문 프랑스 대선을 비롯해 트럼프 정부의 '세제개혁안' 추진과 환율조작국 지정 등을 둘러싼 글로벌 정치·경제적 불확실성이 높지만, 이는 국내외 주가에 부정적인 요인만은 아니다. 불확실성 해소 과정은 글로벌 증시의 상승 모멘텀으로 작용할 수 있기 때문이다.

수정문 프랑스 대선을 비롯해 트럼프 정부의 '세제개혁안' 추진과 환율조작국 지정 등을 둘러싼 글로벌 정치·경제적 불확실성이 높지만, 이는 국내외 주가에 부정적인 요인만은 아니다. 불확실성은 조만간 해소될 것으로 전망되며 이는 글로벌 증시의 상승 모멘텀으로 작용할 수 있다.

'때문이다'는 적당하지 않은 곳에 쓰일뿐더러, 남발되는 경향도 있다. 한 표현이 너무 자주 쓰이면 글이 단조로워진다. 다음 예시문에서 '때문이다' 대신 어떤 표현을 쓰면 좋을지 생각해보자.

예시문 트럼프 대통령이 당선된 이후 약 4달 동안 S&P 500지수는 2,100 수준에서 2,400선까지 15% 가까이 올랐는데, 세제 개혁과 인프라 펀드 조성을 통한 투자정책이 미국 기업이익에 직간접적으로 긍정적인 영향을 미칠 것이라는 기대 때문이었다.

수정문 트럼프 대통령이 당선된 이후 약 4달 동안 S&P 500지수는 2,100 수준에서 2,400선까지 15% 가까이 올랐는데, 세제 개혁과 인프라 펀드 조성을 통한 투자정책이 미국 기업이익에 직간접적으로 긍정적인 영향을 미칠 것이라는 기대가 작용한 결과다.

예시문 둘째, 지난해 대규모 적자를 기록한 포스코건설의 실적개선이다. 작년 브라질 CSP 제철소 공기 지연 등의 영향으로 연간 5097억 원의 영업적자를 기록한 포스코건설은 1분기 1200억 원의 영업흑자로 돌아섰다. 이는 지난해로 해외 프로젝트 비용 선반영과 구조조정 비용 반영이 대부분 일단락됐기 때문이다.

수정문 둘째, 지난해 대규모 적자를 기록한 포스코건설의 실적개선이다. 작년 브라질 CSP 제철소 공기 지연 등의 영향으로 연간 5097억 원의 영업적자를 기록한 포스코건설은 1분기 1200억 원의 영업흑자로 돌아섰다. 이는 해외 프로젝트 비용 선반영과 구조조정 비용 반영이 지난해 대부분 일단락되면서 나타난 성과다.

"무엇무엇하기 바라겠습니다 하는 문장, 이상하지 않아?" 졸저 《글은 논리다》를 읽은 이필재 선배가 '응용문제'를 냈다. 답을 찾 으려면 '겠'부터 풀어야 한다. '겠'은 선어말어미(先語末語尾)라고 한다. 어미 앞에 붙는 어미라는 뜻이다. 여기저기 두루 쓰인다. 용 례 중 네 가지를 소개하면 다음과 같다.

- 지금 떠나면 새벽에 도착하겠다. (예정)
- 나는 커서 작가가 되겠다. (의지)
- 이 정도 설명했으니 이제 알겠지? (가능)
- 그는 지금 게임을 하고 있겠다. (추측)

'겠'은 무언가를 줄인 선어말어미다. 무엇일까? 다음을 보자.

- 지금 떠나면 새벽에 도착할 것이다.
- 나는 커서 작가가 될 것이다.
- 이 정도 설명했으니 이제 알 것이지?
- 그는 지금 게임을 하고 있을 것이다.

'할 것이다'와 '될 것이다' '있을 것이다'에서는 ㄹ이 탈락하고 '것이'가 '겠'으로 축약됐다. '알 것이지'에서는 ㄹ 탈락이 발생하지 않고 '알겠지'로 줄었다. 여하튼 '겠'은 '것이'라는 점을 알게 됐다.

앞의 물음으로 돌아오면 '무엇무엇하기 바라겠습니다'에서 '겠'은 어떤 용례에 해당할까? 가능이나 추측은 아니다. 예정이나 의지다. 예정 용례라고 하면 '(내가) 무엇무엇하기(를) 바라겠습니다'는 아주 어색하게 읽힌다. '지금 바라는 것'이 아니라 '앞으로 바랄 예정'이라는 말이 되기 때문이다. 의지 용례라고 해도 문제다. '(나는) 무엇무엇하기 바라겠습니다'는 앞으로 바라는 행위를 할 의지가 있다는 뜻이다. 이 또한 지금 바라지 않고 미래에 그렇게 할 의지가 있음을 뜻한다. 그럼 '바라겠습니다'라고 하지 않고 뭐라고 해야 하나? '바랍니다'면 충분하다. '바라겠습니다'는 말꼬리를 늘어뜨리면 완곡 표현이 된다고 오해하는 사례 중 하나다.

잘못된 완곡 표현의 다른 사례는 '(나는) 무엇무엇 하도록 하겠다'는 말이다. 무엇을 가르치면 배우는 사람이 '앞으로 틀리지 않도록 하겠다'고 말한다. '(나는 내가) 앞으로 틀리지 않도록 하겠다'는 문장이니 자연스럽지 않다. 내 얘기를 할 때는 그냥 '하겠다' '틀리지 않겠다'고 하면 된다. 사람들이 '하도록 하겠다'는 표현을 자기 일에 쓰지 않도록 하는 데 이 글이 조금이나마 보탬이 되기 **바란다.**

유로지역 투자증가율이 2014년부터 플러스로 전환된 다음 투자의 성장 기여도가 점차 높아지고 있는 점 등에 비추어 볼 때, 향후 유로지역 경제가 회복세를 지속하는 데 투자의 역할이 중요하다고 판단할 수 있다.

시간 개념에 쓰일 경우 '~부터'는 일정 기간 계속되는 행위를 나타내는 보조사다. 예를 들어 지금이 10월인데, "나는 3월부터 이 수영장에 다녔어"라고 말하면 지난 7개월 동안 여기서 수영해 왔음을 뜻한다. 이와 비교해 '시작'은 특정 시점에 한 번만 이뤄진다. 따라서 "나는 3월부터 이 수영장에 다니기 시작했어"라고 말하면 틀린 표현이 된다. "나는 3월에 이 수영장에 다니기 시작했어"가 맞다. '시작' 외에 '출범' '발족' '설치' '도입'과 같이 어느 한 시점에 행위가 벌어지거나 완료되는 단어도 '~부터'와 호응하지 않는다.

> **예시문** 석유수출국기구(OPEC)는 생산량 한도를 1983년부터 도입했다.
> **수정문1** 석유수출국기구(OPEC)는 생산량 한도를 1983년에 도입했다.
> **수정문2** 석유수출국기구(OPEC)는 생산량 한도 제도를 1983년부터 시행했다.

이 논리는 영어를 떠올리면 더 잘 이해된다.

> **예시문** I have started studying English since I entered high school.

이 문장에서 start와 since가 어울리지 않는다. start를 지우거나 since를 when으로 바꾸는 대안이 있다.

> **수정문1** I have been studying English since I entered high school.
> **수정문2** I started studying English when I entered high school.

흔히 하는 '이제부터 시작이다'라는 표현보다는 '이제 다시 시작이다'가 더 정확하다는 사실을 덧붙인다.

시간이 아니라 어떤 것을 먼저 한다는 뜻으로 '~부터 시작한다'

고 쓰는 것은 무방하다. 예를 들어 '방학을 잘 보내기 위해서는 구체적인 계획을 세우는 것부터 시작해보자'라고 해도 된다.

서두의 예시문은 어떻게 고쳐야 할까.

수정문1 유로지역 투자증가율이 2014년에 플러스로 전환된 다음 투자의 성장기여도가 점차 높아지고 있는 점 등에 비추어 볼 때, 향후 유로지역 경제가 회복세를 지속하는 데 투자의 역할이 중요하다고 판단할 수 있다.

수정문2 유로지역 투자증가율이 2014년 이후 플러스를 보이는 가운데 투자의 성장기여도가 점차 높아지고 있는 점 등에 비추어 볼 때, 향후 유로지역 경제가 회복세를 지속하는 데 투자의 역할이 중요하다고 판단할 수 있다.

미국 경제의 장기전망을 좋게 보는 이유는 성장동력인 경제활동인구가 증가하는 추세이기 때문이다.

기사를 검색해보면 이처럼 구성 요소가 호응하지 않는 문장이 많이 나온다. 어느 대목이 호응하지 않는지, 찾으셨는지. '이유는'을 '때문'이 받은 게 문제다. 이 문장은 다음 두 문장으로 이뤄졌다.

(a) 나는 미국 경제의 장기 전망을 좋게 본다.

(b) 성장동력인 경제활동인구가 증가하는 추세다.

논리로 승부합시다, 날카롭게

필자는 이 두 문장을 다음과 같이 엮고자 했다.

(a)는 (b) 때문이다.

(a)인 이유는 (b)다.

그런데 서술은 '(a)인 이유는 (b) 때문'이라고 했다. 이렇게 하면 원인을 표현하는 '이유'와 '때문'이 호응하지 않는다. 이 문장에서 중첩된 부분을 덜어내면 다음처럼 된다.

수정문1 미국 경제의 장기전망을 좋게 보는 것은 성장동력인 경제활동인구가 증가하는 추세이기 때문이다.

수정문2 미국 경제의 장기전망을 좋게 보는 것은 성장동력인 경제활동인구가 증가하는 추세이어서다.

수정문3 미국 경제의 장기전망을 좋게 보는 이유는 성장동력인 경제활동인구의 증가 추세에 있다.

'이유는'을 주어가 아니라 목적어로 해서 이렇게 쓰기도 한다.

수정문4 미국 경제의 장기전망을 좋게 보는 이유는 성장동력인 경제활동인구가 증가하는 추세에서 찾을 수 있다.

'이유는 때문이다'라고 하는 대신 '왜냐하면 때문이다'라고 하는 방법도 있다. 이렇게 말이다.

수정문5 나는 미국 경제의 장기전망을 좋게 본다. 왜냐하면 미국은 경제의 성
장동력인 경제활동인구가 증가하는 추세이기 때문이다.

이런 실수는 우리말과 글에 국한되지 않는다. 영어를 쓰는 사람
도 종종 똑같은 오류에 빠진다. 구글을 검색하면 이 오류를 지적
하고 바로잡는 설명이 많이 나온다.

예시문 The reason we were late is because there was an accident
on Interstate 26.

(우리가 늦은 원인은 26번 주간도로에서 사고가 났기 때문이다.)

수정문1 The reason we were late is that there was an accident on
Interstate 26.

(우리가 늦은 원인은 26번 주간도로에서 사고가 난 것이다.)

수정문2 The reason we were late is an accident on Interstate 26.

(우리가 늦은 원인은 26번 주간도로에서 난 사고다.)

수정문3 We were late because there was an accident on Interstate 26.

(우리는 26번 주간도로에서 사고가 나서 늦었다. / 우리가 늦은 것은 26번 주간
도로에서 사고가 났기 때문이다. / 우리는 늦었는데, 왜냐하면 26번 주간도로에
서 사고가 났기 때문이다.)

다음 문장을 어떻게 고칠지 생각해보자.

예시문 중국 정부가 이렇게 대대적인 의료개혁에 나서는 이유는 전국민 의료

보험 확대와 의약품 이용 관련 시스템 개선이 절실하기 때문이다.

NOTE

....

....

....

....

....

....

....

....

....

....

....

....

머리 없는 발

그러나 차베스의 암이 아직 완치된 것은 아니기에 그가 임기를 끝까지 채울 가능성은 장담할 수 없다는 평가다.

사고지역의 식물 내 불소농도 역시 유럽연합(EU) 가축먹이 기준을 최대 수백 배 초과한다는 분석이다.

우리말에서 '것'만큼 자주 쓰이는 낱말이 있을까. '~것이다'는 예정, 의지, 가능, 추측 외에도 쓰인다. 설명하거나 강조할 때다. 어떤 얘기를 한 뒤에 부연하거나 의미를 주는 문장의 끝을 '~것이다'라고 맺는 **것이다.** 설명하는 '~것이다'의 예를 들면 다음과 같이 쓴다.

이 중 상당수는 정부부처와 감독기관의 고위관료들이었지만 이사회에서 주요한 안건이 부결된 경우는 거의 없었다. 감독기관과 정부부처 출신들이 낙하산으로 내려가 바람막이 역할만 한 것이다.

둘째 문장 시작 부분에 생략된 절(節)은 '무슨 말(뜻)인가 하면' 쯤이 되겠다. 한편 예정, 의지, 가능, 추측에 쓰이는 '~것이다'와 설명에 붙는 '~것이다'는 사실 똑같지는 않다. 앞은 '~ㄹ 것이다'로, 뒤는 '~ㄴ 것이다'로 활용된다.

'~ㄹ 것이다'가 너무 자주 등장하다 보니 문장에서 '것'이 다른 단어로 대체되기 시작했다. 예정과 의지에 해당하는 '것'을 그런 뜻의 단어로 바꾼 것이다.

- 기차는 8시에 도착할 것이다.
- 나는 올해 반드시 담배를 끊을 것이다.
- 새로 도입된 제도는 이 분야에 큰 영향을 미칠 것이다.

이들 문장은 다음처럼 고쳐졌다.

- 기차는 8시에 도착할 예정이다.

- 나는 올해 반드시 담배를 끊을 작정이다.
- 새로 도입된 제도는 이 분야에 큰 영향을 미칠 전망이다.

뜯어보면 이상한 문장이다. '기차'가 '예정'이 되고 '나'는 '작정'이 되며 '제도'는 '전망'이 된다. '~ㄹ 것이다'보다 더 부자연스럽게 됐다. 이런 문장은 이미 우리 언어와 문자 생활에 깊숙이 자리 잡아버렸다. 이런 문장을 전혀 쓰지 않기는 어렵겠지만, 가능하면 바른 문장도 함께 구사하면 좋겠다. 예컨대 다음과 같이 쓰자는 말이다.

수정문1 새로 도입된 제도는 이 분야에 큰 영향을 미칠 듯하다.

수정문2 새로 도입된 제도는 이 분야에 큰 영향을 미칠 것으로 전망된다.

'~것으로 전망된다'는 '~것으로 (관련된 사람들에 의해) 전망된다'를 줄인 표현이라고 생각할 수 있다.

서두에 인용한 문장은 어떻게 고치면 좋을지 생각해보자. 다음에 대안을 예시해놓았다.

수정문1 그러나 차베스의 암이 아직 완치된 것은 아니기에 그가 임기를 끝까지 채울 가능성은 장담할 수 없는 것으로 전망된다.

수정문2 그러나 차베스의 암이 아직 완치된 것은 아니기에 그가 임기를 끝까지 채울 가능성은 장담하지 못한다는 전망이 나온다.

수정문3 그러나 차베스의 암이 아직 완치된 것은 아니기에 그가 임기를 끝까지 채울 가능성은 장담할 수 없다고 전문가들은 내다본다.

수정문1 사고지역의 식물 내 불소농도 역시 유럽연합(EU) 가축먹이 기준을 최대 수백 배 초과하는 것으로 분석됐다.

수정문2 사고지역의 식물 내 불소농도 역시 유럽연합(EU) 가축먹이 기준을 최대 수백 배 초과한다고 분석됐다.

수정문3 사고지역의 식물 내 불소농도 역시 유럽연합(EU) 가축먹이 기준을 최대 수백 배 초과한다고 연구자들은 분석했다.

문장은 조리에 맞아야 한다. 어긋난 기존 틀에 습관적으로 단어를 넣어서 만든 문장은 조리에 맞을 수 없다.

모두에게
노출되지 않도록

안전한 금융거래를 위해 계좌 비밀번호, 온라인 비밀번호, 공인인증 비밀번호는 고객 본인을 제외한 모두에게 노출되지 않도록 유의하시고 수시로 변경하시기 바랍니다.

- Not all who wander are lost. (모든 방랑하는 사람이 길을 잃은 것은 아니다. / 방랑한다고 해서 길을 잃은 건 아니다.)

길을 잃어 방랑하는 사람이 있을 수 있다. 그러나 방랑하는 사람이 모두 길을 잃은 것은 아닐 것이다. '모든 A가 B는 아니다'는 A 가운데 다수가 B이지만, 일부는 B가 아니라는 말이다. '모든 방랑하는 사람이 길을 잃은 것은 아니다'는 말은 '방랑하는 사람 중 길을 잃은 사람이 많지만, 일부는 길을 잃지 않았다'는 뜻이다.

'모든'이 부정하는 표현을 헷갈리면 경제활동에도 혼선을 빚게 된다. 'Not All Items On Sale'이라는 문구는 '품목 가운데 대다수를 세일하지만 일부는 하지 않는다'는 말이다. 그런데 이를 '모든 품목을 세일하지 않습니다'라고 오해해 "왜 아무것도 세일하지 않느냐"고 따지면 듣는 점원이 난감해진다.

'모든 사람이 반대했다'는 사실을 '동의하다'라는 동사를 넣어 표현하려면 어떻게 해야 하나. 앞서 말한 대로 '모든 사람이 동의하지 않았다'는 아니다. 이때엔 '모든'을 '누구도'로 바꿔야 한다. 바꾼 문장은 '누구도 동의하지 않았다'가 된다.

- Don't touch everything you see.(보는 족족 손대지 좀 마라.)

보는 대상마다 손을 대는 어린아이에게 엄마가 이렇게 말했다. 아이는 대상 대다수에 손을 대도 일부엔 손대지 않으면 어머니의 말에 따른 것이다. 그러나 엄마가 "Don't touch anything you see" 라고 말했다면 아이는 어느 하나라도 건드리면 안 된다.

'비밀번호는 고객 본인을 제외한 모두에게 노출되지 않도록 유의하시고 수시로 변경하시기 바랍니다'라는 안내문은 어떻게 고쳐야 할까. '고객 본인을 제외한 모두에게 노출되지 않도록 유의하라'는 문장은 그대로 해석하면 '고객 본인을 제외한 대다수에게 노출되지 않게끔 관리하되, 일부에게 노출돼도 된다'는 말이 된다. 따라서 이 안내문은 '비밀번호는 고객 본인을 제외한 누구에게도 노출되지 않도록 유의하시고 수시로 변경하시기 바랍니다'로 수정해야 한다.

> 도둑이 들려면
> 개도 짖지 않는다

위험에 대한 경고는 언제나 실제로 닥쳐오는 위험보다 많지만 막상 위험이 닥칠 때는 어떤 경고도 없는 법이었다.

　이 예시문은 소설《재와 빨강》의 첫 문장이다. 소설의 첫 문장은 제목에 이어 독자가 처음 작품을 만나는 지점이다. 작가가 처음 독자에게 자신의 작품을 선보이는 지점이기도 하다. 그래서 작가라면 누구나 첫 문장에 공을 들인다. 뛰어난 작품은 대개 첫 문장이 그에 걸맞게 빼어나다. 찰스 디킨스는《두 도시 이야기》를 다음과 같이 시작했다.

최고의 시절이자 최악의 시절, 지혜의 시대이자 어리석음의 시대였다. 믿음의 세기이자 의심의 세기였으며, 빛의 계절이자 어둠의 계절이었다. 희망의 봄이자 절망의 겨울이었다. 우리 앞에는 모든 것이 있었지만 한편으로 아무것도 없었다. 모두들 천국으로 향해 가고자 했지만 엉뚱한 방향으로 걸어가고 있었다.

몇 작품의 첫 문장을 더 살펴보자.

- 사람들은 살기 위해서 여기로 몰려드는데 나는 오히려 사람들이 여기서 죽을 것 같다는 생각이 든다. -《말테의 수기》
- 그래 사실이다. 나는 정신병원에 수감된 환자다. -《양철북》
- 나는 지금 우물 바닥에 시체로 누워 있다. -《내 이름은 빨강》
- 라이문트 그레고리우스의 삶을 바꾸어놓은 그날은 여느 날과 다름없이 똑같이 시작됐다. -《리스본행 야간열차》

이제 예시문을 살펴보자. 사회현상의 경우와 확률에 관한 통찰을 담고 있는 듯한 문장이다. 간단히 말하면 '도둑이 들려면 개도 짖지 않는다'는 속담과 같은 뜻이다. 다들 들어본 현상이다. 도둑이 들키지 않고 물건을 훔쳐가는 데 성공했다면 그런 경우엔 아마개가 짖지 않았을 것이다. 모두 잠들었을 밤에 개가 짖었다면 그

집 식구가 잠에서 깼을 테고 도둑이 들어온 것을 알아챘을 것이며 동네가 시끄러워졌을 수도 있다. 그렇게 됐다면 도둑은 여간 간이 크지 않다면 도망쳤을 것이다.

예시문의 '위험'을 '도둑'으로, '경고'를 '개가 짖는 것'으로 바꾸고 문장을 둘로 나누면 다음과 같이 된다.

- 도둑에 대해 개가 짖는 경우는 실제로 도난당하는 경우보다 많다. 그러나 막상 도난당할 때는 어떤 개도 짖지 않는 법이었다.

첫 문장이 매끄럽지 않다. 첫 문장은 '개가 짖을 때는 도난당하는 경우가 드물다'와 같은 말이다. 이 문장으로 바꿔서 다시 읽어 보자.

- 개가 짖을 때는 도난당하는 경우가 드물다. 그러나 막상 도난당할 때는 어떤 개도 짖지 않는 법이었다.

접속사 '그러나'가 적절하지 않다. 상황은 둘로 나뉜다. '개가 짖을 때'와 '짖지 않을 때'다. 개가 짖을 때엔 도난당하는 경우가 드물고, 개가 짖지 않을 때엔 도난 확률이 높아진다. 도난 사건을 보면 거의 전부 개가 짖지 않는 경우 발생한다. 두 문장은 역접 관계가 아니다. 따라서 예시문은 다음과 같이 바꿀 수 있고, 이런 식으로 쓰는 게 정확하다.

> 경고된 위험이 실제로 닥치는 경우는 드물다. 막상 위험이 닥칠 때에는 어떤 경고도 없는 법이다.

한편 원문의 '법이었다'를 '법이다'로 수정했다. '법이다'는 '죄를 지으면 누구나 벌을 받는 법이다' '달이 차면 해가 기우는 법이다'에서처럼 세상 이치나 당위가 그렇다는 데 쓰인다. '법이었다'는 식으로는 활용되지 않는다.

3

규칙을 지킵시다,
깔끔하게

사회 규범 중에 반드시 준수해야 할 부분을 법으로 정한 것처럼, 어법 가운데 최소한으로 지켜야 할 부분을 문법으로 정했다. 나는 어법과 문법의 관계를 이렇게 이해한다. 이는 내 나름대로의 이해이고 일반적인 정의는 아니다. 여하간 나는 어법이라는 범주로 문법은 아니지만 그것을 지키지 않으면 글이 이상해지는 준칙을 다룬다.

이 챕터에서는 '은/는'과 '이/가'의 기본적인 차이를 쉽게 설명한다. 어미 변화가 어긋난 문장이 점점 많아지는 가운데 과거형 어미의 잘못된 용례를 들어 이를 살펴본다. 또 수식어가 여럿일 때 수식어를 어떻게 잘 배치할 수 있는지도 살펴본다. 비슷한 감탄사인 '어럽쇼'와 '맙소사'의 용례에 대한 설명은 간식이다.

'위법하다'는 말은 위법이다

우수제품으로 지정된 물품과 관련 없는 물품에 대해 제재를 받았다는 이유로 우수제품 지정을 취소하는 것은 위법하다는 법원의 판결이 나왔다.

어색한 부분을 찾아내셨는지. '취소하는 것은 위법하다'에서 '위법하다'라는 단어가 잘못됐다. 왜 그럴까. '위법하다'는 동사로 '법이나 명령을 어기다'라는 뜻이다. 이 뜻을 위 문구에 넣으면 '취소하는 것은 법이나 명령을 **어기다**는 법원의 판결이 나왔다'가 된다.

'위법하다'는 동사를 굳이 쓰려면 '취소하는 것은 위법하는 행위라는 법원의 판결이 나왔다'쯤으로 해야 한다. 앞에서처럼 이 구절에 '위법하다'의 뜻을 넣으면 '취소하는 것은 법이나 명령을

어기는 행위라는 법원의 판결이 나왔다'가 돼, 앞에서처럼 부자연스러운 부분이 해소된다.

'취소하는 것은 위법하다는 법원의 판결이 나왔다' 대신 쓸 표현이 '취소하는 것은 위법행위라는 법원의 판결이 나왔다' 또는 '취소하는 것은 위법이라는 법원의 판결이 나왔다'다. 이를 각각 풀어 쓰면 '취소하는 것은 법이나 명령 따위를 어긴 행위라는 법원의 판결이 나왔다'와 '취소하는 것은 법이나 명령 따위를 어긴 것이라는 법원의 판결이 나왔다'가 된다.

앞의 비문은 왜 나왔을까? '위법하다'가 '적법하다'처럼 형용사라고 착각했기 때문으로 보인다. '적법하다'는 형용사이므로 '취소하는 것은 적법하다는 법원의 판결이 나왔다'는 올바른 표현이다. 그러나 '위법하다'는 동사이므로 앞에서처럼 쓰이지 못한다. '적법하다'처럼 '~하다'로 끝나는 한자어 형용사의 예를 더 들면 '부당하다' '합당하다' 등이 있다.

'위법하다'의 그릇된 용례는 어디에서 비롯됐나? 기사를 검색해보면 다음과 같이 판결문을 직접 인용한 문장이 가장 많다.

- 법제처는 법률이 법인을 지원 대상으로 삼고 있기 때문에 법인이 아닌 개인은 지원 대상이 될 수 없어 경로당 회장에게 활동비를 지급하는 것은 위법하다는 해석을 내놓았다.

법조계에서 틀린 표현을 쓰자 언론이 이를 옮기며 퍼뜨렸다. 한 가지 오류는 또 다른 오류를 낳는다. 다음 예를 보자.

- 박 전 대통령 측은 소유자인 안 전 수석이 아닌 안 전 수석의 보좌관이 수첩을 제출했기 때문에 위법하게 수집된 증거라고 주장해왔지만 인정되지 않았다.

'위법하다'를 형용사로 오해하고 '위법하게'라는 부사를 만든 것이다. '아름답다'가 부사로는 '아름답게'가 되는 것처럼 '위법하다'도 '위법하게'로, 말하자면 **적법하게** 바꿀 수 있다고 생각한 것이다. 법을 다루는 분들은 어법 따위는 대수롭게 여기지 않는 걸까 묻고 싶다.

양말 짝을
맞춰 신듯

경찰은 시신의 신원 파악과 사인을 밝히기 위해 정밀 감식을 진행 중이다.

신문 기사 중 한 문장이다. 이 문장은 의미 단위를 다음과 같이 묶을 수 있다.

- 경찰은 '시신의 신원 파악과 사인'을 밝히기 위해 정밀 감식을 진행 중이다.
- 경찰은 '시신의 신원 파악'과 '사인을 밝히기' 위해 정밀 감식을 진행 중이다.

첫째 경우는 '파악'이 '밝히기'와 겹친다. 둘째 경우 '시신의 신원 파악'과 '사인을 밝히기'가 격이 다르다. 이를 고려해 다음과 같이 고칠 수 있다.

수정문1 경찰은 시신의 신원과 사인을 밝히기 위해 정밀 감식을 진행 중이다.

수정문2 경찰은 시신의 신원 파악과 사인 규명을 위해 정밀 감식을 진행 중이다.

수정문3 경찰은 시신의 신원을 파악하고 사인을 밝히기 위해 정밀 감식을 진행 중이다.

다음 연습문제를 풀어보자. 답은 아래 예시했다.

예시문 미 달러화는 유로화와 엔화에 대해 강세를 나타냈다. 이는 국제금융 시장 불안에 따른 안전자산으로서의 엔화 수요 증가와 일본은행이 추가 금융완화를 실시할 기대가 약화된 점 등에 기인한다.

수정문1 미 달러화는 유로화와 엔화에 대해 강세를 나타냈다. 이는 국제금융 시장 불안에 따라 안전자산인 엔화에 대한 수요가 증가한 것과 일본은행이 추가 금융완화를 실시하리라는 기대가 약화된 점 등에 기인한다.

수정문2 미 달러화는 유로화와 엔화에 대해 강세를 나타냈다. 이는 국제금융 시장 불안에 따른 안전자산 엔화에 대한 수요 증가와 일본은행이 추가 금융완화를 실시하리라는 기대의 약화 등에 기인한다.

예시문 해외 철강회사들이 지난해와 비슷한 규모의 실적을 기록할 것이며 건설 부문은 영업흑자 전환을 예상한다.

수정문 해외 철강회사들이 지난해와 비슷한 규모의 실적을 기록하고 건설 부문은 영업흑자로 돌아설 것을 예상한다.

예시문 약가 인하로 인한 스티렌의 매출 감소뿐만 아니라 주요 전문의약품 매출도 줄어들면서 전문의약품 매출이 전년 동기 대비 9.6% 감소했다.

수정문 약가 인하로 인해 스티렌의 매출이 감소했을 뿐 아니라 주요 전문의약품 매출도 줄어들면서 전체 전문의약품 매출이 전년 동기 대비 9.6% 감소했다.

이 예시문에서 '공연했던 스무 살 무렵'보다 '공연하던 스무 살 무렵'이 더 낫다. 이를 설명하는 국립국어원 항목을 중 일부를 아래 붙인다.

료되지 않은 미완의 동작을 나타내고, '-았던(었던/였던)'을 쓰면 현재는 과거의 그 일과는 완전히 단절되었음을 더 나타낸다고 할 수 있습니다.

다른 예를 들면, '내가 사랑했던 스파이'와 '내가 사랑한 스파이'는 뉘앙스가 차이가 난다. '내가 사랑했던'은 '한때 사랑했으나 지금은 사랑하지 않는'이라는 뜻을 더 강하게 담고 있다.

시제를 나타내는 어미의 돌연변이가 점점 더 많아지고 있다. 활자매체에서 골라낸 다른 예를 들면 다음과 같다.

> **예시문** 그와 시절을 함께했는 사람들
> **수정문** 그와 시절을 함께한 사람들

> **예시문** 내가 왜 결혼했는 줄 아느냐
> **수정문** 내가 왜 결혼한 줄 아느냐

다음 예문을 어떻게 고치면 좋을지 생각해보자.

> **예시문** IT버블이 붕괴되었던 2001~02년과 글로벌 금융위기였던 2008년,
> 그리고 이머징 국가의 경제위기가 본격화되고 있는 지난 2~3년간
> 현금이나 머니마켓펀드(MMF)와 양도성예금증서(CD) 등 현금성 자산,

그리고 현금과 비슷한 범주의 채권 및 외환은 최고의 자산에 올랐다.

수정문 IT버블이 붕괴된 2001~2002년과 글로벌 금융위기가 발생한 2008년, 그리고 이머징 국가의 경제위기가 본격화되고 있는 지난 2~3년간 현금이나 머니마켓펀드(MMF)와 양도성예금증서(CD) 등 현금성 자산, 그리고 현금과 비슷한 범주의 채권 및 외환은 최고의 자산에 올랐다.

예시문 신한은행도 데이터 분석과 이를 통한 공격적인 마케팅으로 가시적인 효과를 <u>봤던</u> 사례가 있다.

수정문 신한은행도 데이터 분석과 이를 통한 공격적인 마케팅으로 가시적인 효과를 <u>본</u> 사례가 있다.

시제 어미와 관련해 하나 더 말하면, '했었다/이었다'로 표현하는 대과거는 꼭 필요하지 않으면 쓰지 않는 편이 낫다. 즉, 말하는 시점이나 기간이 과거보다 더 과거임을 밝혀야 할 때가 아니면 군더더기 표현이 된다.

예시문 [그림 1]이 보여주듯 2013년까지 위안화에 대한 원화의 베타계수는 1~2에서 <u>움직였었다.</u>

수정문 [그림 1]이 보여주듯 2013년까지 위안화에 대한 원화의 베타계수는 1~2에서 <u>움직였다.</u>

예시문 최근 10년간 금융위기를 겪었던 2009년을 제외하고 매출액이 꾸준히 증가했었다는 점에서도 확인할 수 있다.

수정문 최근 10년간 금융위기를 겪었던 2009년을 제외하고 매출액이 꾸준

히 증가했다는 점에서도 확인할 수 있다.

복수는 꼭
필요할 때

풍경이 풍경을 반성하지 않는 것처럼

곰팡이 곰팡을 반성하지 않는 것처럼

여름이 여름을 반성하지 않는 것처럼

속도가 속도를 반성하지 않는 것처럼

졸렬과 수치가 그들 자신을 반성하지 않는 것처럼

바람은 딴 데에서 오고

구원은 예기치 않은 순간에 오고

절망은 끝까지 그 자신을 반성하지 않는다

김수영의 시 〈절망〉이다. 현실은 변하지 않고 설령 절망할 일밖에 없을지언정, 바람은 딴 데에서 오고 구원은 예기치 않은 순간에 오는 법이기에, 변화를 결코 포기할 수 없다는 의지를 표현한 시다. '이성으로는 비관하지만 의지로는 낙관한다'고 할까. 인생 경로를 수정하는 길목에서 이 시를 거듭해서 읽게 됐다. 여러 번 읽으면 그냥 지나쳤던 부분에 눈길이 가는 때가 있다. '졸렬과 수치가 그들 자신을 반성하지 않는 것처럼'이 눈에 들어왔다. 시인은 '졸렬과 수치가 그들 자신들을 반성하지 않는 것처럼'이 아니라 '그들 자신을 반성하지 않는 것처럼'이라고 말했다.

그 즈음에 나는 '자신'의 복수형을 '자신들'로 써야 하는지 고민하고 있었다. 예를 들면 '그들은 자신들(자기들)이 무슨 잘못을 저지르는지 알지 못한다'고 해야 할지, '그들은 자신이(자기가) 무슨 잘못을 저지르는지 알지 못한다'고 할지 고심했다. 김수영은 이와 관련해 한 가지 대안을 보여줬다고 생각한다. '졸렬과 수치가 그들 자신들을 반성하지 않는 것처럼'이라고 하면 '들'이 거듭 나와 거슬린다. 우리말에는 복수형이 반복되는 경우 한 군데에만 붙이는 어법이 있다. 예를 들어 '난민과 불법이민자들'이라고 하지 '난민들과 불법이민자들'이라고 하지 않는다. 또 '노숙자와 부랑아들'이라고 쓰지 '노숙자들과 부랑아들'이라고 쓰지 않는다.

또 우리말은 한자어의 영향을 받아 복수형이 발달하지 않았다. '군군신신부부자자(君君臣臣父父子子)'라는 문구를 보자. '임금은 임금다워야 하고 신하는 신하다워야 하며, 아버지는 아버지다워야 하고 아들은 아들다워야 한다'는 말이다. 이 말의 주어인 君, 臣, 父, 子의 앞에는 '각(各)'이 암묵적인 수식어로 붙어 있는 셈이다. 우리말의 '각'이 수식하는 단어는 단수다. 이런 점을 고려한 문장으로는 다음을 들 수 있다.

• 아버지여, 저들을 용서해주소서. 저들이 자기가 하는 짓을 알지 못해 이렇게 합니다.

'저들이 자기들이 하는 짓을 알지 못해'라고 하는 대신 '저들이 자기가 하는 짓을 알지 못해'라고 했다. 다른 번역은 '저 사람들은 자기네가 무슨 일을 하는지를 알지 못합니다'라고 했다. '저 사람들은 자기들이'보다 '저 사람들은 자기네'가 훨씬 우리말답다. 한편 '저들이 자기가 하는 짓을 알지 못해 이렇게 합니다'에서 '저들이'보다는 '저들은'이 더 어울린다. 이와 관련한 상세한 내용은 바로 다음 꼭지에 나온다.

우리말은 '모든'이 수식하는 명사에도 복수형을 쓰지 않는다. 다음 문장이 좋은 예다.

• 이곳에 들어오는 <u>모든 이에게</u> 평화를

'이곳에 들어오는 모든 이들에게 평화를'이라고 하지 않는다. 대중가요 가사 중 많이 들어가는 문구가 '모든 걸'일 게다. '너의 모든 걸 사랑한다'거나 '내 모든 걸 다 바쳐'라는 가사가 많다. '걸'은 '것을'의 준말이다. 만약 '모든 것을' 대신 '모든 것들을'을 썼다면 가사가 이 대목에서 튀었을 게다.

복수형 생략은 여기서 끝나지 않는다. 우리말은 '많은'이나 구체적인 숫자가 수식하는 단어도 복수형을 취하지 않는다. 수식어가 있으니 복수임을 누구나 아는 것 아니냐, 그런데도 '들'을 붙이는 것은 번거로운 일이라는 심리가 깔린 게 아닐까 싶다.

- 세계에서 가장 깨끗한 바다에 크고 작은 150여 개의 섬이 장관을 연출한다.
- 송년회는 400여 명의 동문이 참석한 가운데 성황리에 개최됐다.

이처럼 우리말은 **여러모로** 단수형을 선호한다. 바로 이 문장에서도 그걸 알 수 있다. '여러모'라고 말하지 '여러 모들'이라고 말하지 않는 것이다.

'가족'이나 '청중'처럼 복수를 나타내는 집합명사에 '들'을 붙이면 군더더기가 된다. 다음 글을 읽어보자.

사람들은 자신이 선의를 가지고 있다고 합니다. 하지만 아무리 선의로 시작했다 하더라도 과정에서 법과 원칙이 지켜지지 않으면 안 된다는 것이 제가 평소에 가지고 있던 생각이고, 늘 강조했던 말입니다. 이명박 정부의 4대강이나, 박근혜 정부의 국정농단을 얘기하면서 그들이 아무리 선의를 가지고 있었다 할지라도 법과 원칙을 지키지 않으면 선의라 할 수 없다는 취지였습니다. "제가 누구 조롱하려는 말 아니다"라는 비유와 반어에 오늘 현장에 있던 청중들은 웃음을 터뜨리기도 했습니다.

'청중들' 대신 '청중'으로 써야 했다. '사람들은 자신이 선의를 가지고 있다'는 문장은 좋다. '사람들은 자신들이'라고 하지 않았다.

이제 '우리'의 쓰임새를 살펴보자. '우리'가 복수이니 '우리들'은 맞지 않다. 영어로 치면 '우리들'을 쓰는 것은 we에 s를 붙여 'wes' 같은 신조어를 만들어 활용하는 격이다. 국립국어원은 '우리'가 맞다고 하면서도 '우리들'을 용례로 인정한다. 그러나 군더더기는 쓰지 않는 편이 낫다. 그렇게 하는 습관이 몸에 배면 다른 용례에서도 군더더기를 붙이는 실수를 덜하게 된다. 병원 이름에 '우리들병원'이 있다. '우리병원'이 더 낫다.

'우리'의 낮춤말은 '저희'이고 반대말은 '너희'와 '여러분'이다.

규칙을 지킵시다, 깔끔하게

이들 단어에도 '들'을 붙이면 이상해진다. 가수 윤복희가 부른 노래 제목은 '여러분'이지 '여러분들'이 아니다.

- 오늘 저희에게 일용할 양식을 주시고…
- 내가 너희를 사람 낚는 어부로 만들겠다.

1979년판 공동번역 성서 중 마태복음을 보면 '너희'가 주로 쓰였다. '너희들'은 '어찌하여 너희들은 악한 생각을 품고 있느냐?'는 한 문장뿐이다. 최근에 나온 성서에서는 이 대목에서도 '들'이 지워졌다. 세종대왕이시여, **저희가** 우리말과 우리글을 제대로 쓰도록 굽어살펴주소서.

은는이가
적재적소

버려진 섬마다 꽃이 피었다. 꽃 피는 숲에 저녁노을이 비치어, 구름처럼 부풀어 오른 섬들은 바다에 결박된 사슬을 풀고 어두워지는 수평선 너머로 흘러가는 듯싶었다. 뭍으로 건너온 새들이 저무는 섬으로 돌아갈 때, 물 위에 깔리는 노을은 수평선 쪽으로 가서 소멸했다.

김훈의 소설 《칼의 노래》의 첫 대목이다. 소설가는 '꽃이 피었다'로 소설의 첫 문장을 삼을지 '꽃은 피었다'로 할지를 놓고 며칠 고민했다고 한다. 김훈은 산문집 《바다의 기별》에서 그 이유를 다음과 같이 밝혔다. "'꽃은 피었다'와 '꽃이 피었다'는 하늘과 땅의 차이가 있습니다. '꽃이 피었다'는 꽃이 핀 물리적 사실을 객관적으로 진술한 언어이고 '꽃은 피었다'는 의견과 정서의 세계를 보여주는 언어입니다."

작가 고종석은 다르게 설명한다. 그는 '감수성'에 따르면 된다고 말한다. 그는 책《고종석의 문장》에서 "주어 뒤에 '은·는'을 붙일 것인지 '이·가'를 붙일 것인지는 정말 어려운 문제이지만 고민할 필요가 없다"며 "선택은 여러분의 한국어 감수성에 맡기면 된다"고 주장했다. 다만 "한 가지 물렁물렁한 지침이 있다면 같은 조사를 연속해서는 쓰지 않는 게 좋다"고 조언했다.

두 작가의 설명 모두 보완이 필요하다. '이·가'는 문장의 초점을 주어에 맞출 때 붙인다. 이는 누구·무엇·어디 등을 묻는 의문문에서 '이·가'를 쓰는 데서도 확인된다. 책 제목에서 몇 가지 예를 들면 다음과 같다.

- 누가 내 머리에 똥 쌌어?
- 무엇이 우리의 생각을 지배하는가?
- 어디가 아프니?

각 문장에서 '이·가'를 '은·는'으로 바꾸면 어떻게 되나.

- 누구는 내 머리에 똥 쌌어?

- 무엇은 우리의 생각을 지배하는가?
- 어디는 아프니?

의문문 형식인데 의문문이 아닌, 무슨 말을 하는지가 흐릿한 문장이다.(이 문장의 뒷 절(節)도 적절한 예가 된다. '무슨 말을 하는지는 흐릿한 문장'이라고 하면 뜻이 모호해진다.)

화자(話者)가 첫 문장에서 듣는 사람의 관심을 어디로 유도할 때에도 조사로 '은·는'이 아니라 '이·가'를 써야 한다. 그래서 거의 모든 옛날이야기에서 첫 문장의 조사로 '이·가'를 붙인다.

- 옛날 옛날에 꼬부랑 할머니가 살고 있었어요.
- 옛날 옛날에 백설공주가….
- 옛날 옛적에 효녀 심청이가….

반면 '은·는'은 주어의 행위를 서술하는 데 주안점을 둘 때 붙인다. '나는 세계일주로 경제를 배웠다'를 '내가 세계일주로 경제를 배웠다'와 비교해보면 차이를 알 수 있다. 또는 다른 주어를 염두에 둠을 전제로 한다. 예를 들어 "중간고사 어땠어?"라는 물음에 대한 "국어는 어렵더라"는 대답은 '다른 과목은 어렵지 않았다'는 뉘앙스를 풍긴다. '은·는'과 '이·가'를 쓰는 세부 규칙은 책《국어 토씨 연구》(김승곤, 서광학술자료사)에 상세하게 나온다.

이와 같은 검토를 통해 우리는 김훈 작가의 선택은 적절했으나 설명은 정확하지 않음을 알 수 있다. '버려진 섬마다 꽃은 피었다'는 꽃은 피었지만 다른 무언가는 피지 못했거나 시들었거나 졌거나, 하여간 '피었다'와 비교가 되는 어떤 상태라는 사실을 내포한다. 만약 소설가가 '버려진 섬마다 꽃은 피었다'고 첫 문장을 시작했다면, 그는 둘째 문장에서는 독자의 시선을 꽃이 아닌 다른 대상으로 옮겨야 한다. 예컨대 다음과 같이 풀어가는 식이다.

- 버려진 섬마다 꽃은 피었다. 섬마을 집은 곳곳이 불타 무너졌다.

화자가 자신의 시선을 꽃에 맞추고 그 초점을 숲으로 넓히고 숲에 저녁노을이 비쳤다는 정경을 추가한 뒤 다시 줌아웃해 섬으로 시야를 넓히는 위와 같은 순서의 서술에서 첫 문장은 '꽃이 피었다'가 맞다.

스밀라의 눈에 대한 감각

소설《스밀라의 눈에 대한 감각》은 눈 쌓인 옥상에서 벌어진 사건으로 시작한다. 여섯 살 남자아이의 추락사를 경찰은 단순한 실족 사고로 처리하지만 스밀라 야스페르센은 의문을 품고 진실을 파헤쳐 들어간다.

제목에서 '눈'은 하늘에서 내리는 눈을 뜻한다. 독자는 대부분 그렇게 읽을 것이다. 그러나 소수의 독자는 '눈'을 **스밀라** 얼굴의 눈으로 여길 수 있다. 그래서 '스밀라가 자신의 눈에 대해 어떤 감각을 갖고 있는지'로 읽을 수도 있다. 책의 영어 제목은 'Smilla's Sense of Snow'로 우리말 제목과 달리 오해할 소지가 없다. 이 오해의 소지를 없애는 방법은 '눈'을 '스밀라'와 떼어놓는 것이다. '눈에 대한 스밀라의 감각'으로 말이다.

소설이 아닌 현실에서 우리가 다루는 표현으로 내려오자. '영희의 옷에 대한 관심'은 영희의 '옷에 대한 관심'일 수도 있고, '영희의 옷'에 대한 (사람들의) 관심일 수도 있다. 두 가지를 구별하려면 전자를 '옷에 대한 영희의 관심'으로, 후자를 '영희의 옷에 대한 사람들의 관심'이라고 표현하면 된다.

'국방부의 올해 예산에 대한 판단'이라는 문구는 어떤가. 이 문구는 여러 가지로 읽힐 수 있다는 점에서 정확하지 않다. 판단 주체가 어디인지가 모호하다. '국방부가 올해 배정받은 예산에 대해 어떻게 판단하는지'를 의미할 수 있다. 그러나 이 문구가 국회의 예산심의 과정에서 나왔다면 판단의 주체는 국회 국방위원회일 것이다. 이 경우 이 문구는 '올해 국방부로 편성된 예산에 대한 국방위의 판단'이라는 뜻이다. 전자일 경우 '올해 예산에 대한 국방부의 판단'이라고 쓰는 편이 낫고, 후자이면 '올해 국방부 예산에 대한 판단'이라고 하는 게 낫다.

단어와 단어 사이의 관계가 정확히 전달되도록 단어를 배치해야 한다. 의미가 가까운 것끼리 호응하도록 해야 하는 것이다. 이를 테면 '2010년 이후 기업들의 가장 강력한 실적 개선세'는 '2010년 이후 가장 강력한 기업실적 개선세'로, '기본적인 비즈니스 모델의 구조에서 발생한 문제'는 '비즈니스 모델의 기본적인 구조에서 발생한 문제'로 고치면 분명해진다. 몇 가지 사례를 더 살펴보자.

예시문 더 이상 추가적인 완화조치를 취할 만큼의 급박함은 없다.

수정문 추가 완화조치를 취할 만큼의 급박함은 더 이상 없다.

예시문 일본은행은 기존의 자금 공급량 위주의 금융정책에서 장기금리 제도를 보완하는 방향으로 틀을 바꾸겠다고 발표했다.

수정문1 일본은행은 자금 공급량 위주인 기존 금융정책을 장기금리 제도를 보완하는 방향으로 바꾸겠다고 발표했다.

수정문2 일본은행은 자금 공급량 위주인 기존 금융정책의 틀을 장기금리 제도를 보완하는 방향으로 바꾸겠다고 발표했다.

수정문3 일본은행은 자금 공급량 위주의 기존 금융정책을 바꾸겠다고 발표했다. 개편은 장기 금리제도를 보완하는 방향으로 추진한다고 밝혔다.

예시문 3월 연방공개시장위원회(FOMC) 이전에 연준 위원들의 정책금리 인상 필요성에 대한 발언이 쏟아지면서 미국 10년 만기 국채 금리는 연준이 올해 금리인상 속도를 높이는 게 아닌가 하는 우려로 3월 FOMC 직전까지 전월 말 대비 20bp 이상 튀어 오르기도 했다.

수정문 3월 연방공개시장위원회(FOMC) 이전에 연준 위원들의 정책금리 인상 필요성에 대한 발언이 쏟아지면서 연준이 올해 금리인상 속도를 높이는 게 아닌가 하는 우려가 커졌다. 이에 따라 미국 10년 만기 국채 금리는 3월 FOMC 직전까지 전월 말 대비 20bp 이상 튀어 오르기도 했다.

형용사와 부사의 위치에 유념해 다음 첨삭 노트를 읽어보자.

고객이 아마존에 들어오면 강력한 아마존의 **강력한** 추천 시스템이 작동하기 시작합니다. 추천 시스템은 캐인화된 ~~기록에 의거하여~~ **고객의 정보를 분석해** 계속적으로 유용한 정보와 함께 상품을 **계속** 추천합니다.

어럽쇼?
맙소사!

솔직히 말하면 그 여자 같은 파트너는 이전에 만나본 적 없다. 기업 창업자의 자서전에서나 볼 법한 불도저 정신은 독보적 존재감을 드러낸다. 업무 스타일이 그러해도 성과만 좋으면 용서할 수 있는 것 아니냐고? 그런 사람과 24시간 산다는 건 늘 에너지 드링크를 마시며 견뎌야 하는 시험 기간 같다. 맙소사! 다행히도 일할 때만 그 모습이 나오니 망정이지 자칫하면 젊은 나이에 비명횡사할 판이었다.

_백종민·김은덕, 〈남녀, 여행사정〉

'어럽쇼'라는 예능 프로그램이 있었다. 이 프로그램은 '당신의 멘붕 인생을 웃음으로 위로해드립니다'라는 슬로건을 내걸었다. '어럽쇼'는 현대를 살아가는 이라면 누구나 겪을 수 있는 '멘붕' 상황을 웃음을 통해서 보여주고자 했다. '어럽쇼'는 '어어'를 속되게 이르는 말이라고 사전에서 풀이한다. 예문은 다음과 같다.

- 어럽쇼! 저 친구 무슨 짓을 하는 거야?
- 어럽쇼, 그건 또 무슨 소리인가?

'어럽쇼'는 간혹 '어렵소'라고 잘못 표기된다. '어렵소'는 '쉽소'의 반대말로 '어렵다'의 다른 표현이니, 오타를 주의할 일이다. '어럽쇼'를 '어렵소'라고 적은 문장을 보면 우리는 이렇게 말해도 된다.

- 어럽쇼! '어럽쇼'를 '어렵소'라고 틀리게 적었네?

'어럽쇼'와 비슷한 감탄사로 '맙소사'가 있다. 사전은 '맙소사'를 '어처구니없는 일을 보거나 당할 때 탄식조로 내는 소리'라고 설명한다.

- 세상에 맙소사.
- 맙소사, 이 무슨 날벼락이야.
- 이런 맙소사, 세상에 이런 일을 다 보네.

이를 통해 우리는 '어렵쇼'와 '맙소사'는 일단 그 말을 한 다음에 그 연유를 말한다는 순서를 알 수 있다. 따라서 앞에 인용한 문단에서 맙소사는 다음과 같이 들어가는 편이 낫다.

솔직히 말하면 그 여자 같은 파트너는 이전에 만나본 적 없다. 기업 창업자의 자서전에서나 볼 법한 불도저 정신은 독보적 존재감을 드러낸다. 업무 스타일이 그러해도 성과만 좋으면 용서할 수 있는 것 아니냐고? **맙소사!** 그런 사람과 24시간 산다는 건 늘 에너지 드링크를 마시며 견뎌야 하는 시험 기간 같다. 다행히도 일할 때만 그 모습이 나오니 망정이지 자칫하면 젊은 나이에 비명횡사할 판이었다.

be동사를 줄입시다

지난 3월 30일 한국회계기준원과 금융투자협회가 공동으로 주최한 '보험사 재무제표이용자 간담회'가 있었다.

벌크선의 주력 품목은 철광석과 석탄이다.

두 문장의 공통점은 무엇일까?

영어로 be 동사가 쓰인 것이다. 첫 문장은 '있다'의 과거형으로 끝났고, 둘째 문장은 '이다'로 마무리됐다. 우리말 '있다'와 '이다'는 영어로는 be 동사로 표현된다.

활자매체에서 일할 때, 수습을 마치고 처음 배치된 부서는 편집부였다. 편집부 근무는 여러모로 도움이 됐다. 그중 하나가 활자매체에서 20여 년 근무한 선배들의 '촌철' 가르침이었다. 부국장 중 한 분은 "be 동사를 적게 쓰라"며 "be 동사가 많이 들어가면 문장이 단조로워지고 활기가 떨어진다"고 말했다. 활자를 통한 의사 전달 시스템 앞에 백지였던 내게 이 가르침은 뚜렷하게 인쇄됐다.

예시된 문장은 각각 다음과 같이 수정할 수 있다. '이다'와 '있다' 대신 적절한 동사가 다양하게 쓰였다.

수정문1 지난 3월 30일 한국회계기준원과 금융투자협회가 공동으로 주최한 '보험사 재무제표이용자 간담회'가 열렸다.

수정문2 지난 3월 30일 한국회계기준원과 금융투자협회가 공동으로 주최한 '보험사 재무제표이용자 간담회'가 개최됐다.

수정문1 벌크선은 주로 철광석과 석탄을 운반한다.

수정문2 벌크선은 주로 철광석과 석탄을 나른다.

다른 예를 더 살펴보자.

예시문 실업률과 물가상승률에 변화가 있었다.

수정문 실업률과 물가상승률에 변화가 나타났다.

예시문 신흥국 국채에 투자할 때 주의할 점은 표시통화다.

수정문 신흥국 국채에 투자할 때는 표시통화에 주의해야 한다.

예시문 실제로 최근 미국의 실업률은 여전히 완만한 하락 추세에 있다.

수정문1 실제로 최근 미국의 실업률은 여전히 완만한 하락 추세를 보인다.

수정문2 실제로 최근 미국의 실업률은 여전히 완만하게 하락하는 추세를 보인다.

예시문 지난해 투표가 있었던 이탈리아

수정문 지난해 투표를 치른 이탈리아

한편 '있다'를 쓰더라도 '~중에 있다'와 같이 군더더기를 붙이는 일은 피하자.

예시문 행복씨앗학교는 김 교육감의 핵심공약으로 공교육 내실화를 위한 혁신학교 모델이다. 올해 지정교는 10개, 준비교는 모두 23개교가 지정·운영 중에 있다.

'지정·운영 중에 있다'는 '지정·운영 중이다'라고 쓰면 된다. 또 '이다'를 쓰면서 다음과 같이 주어와 술어로 같은 단어를 쓰면 문장이 단조롭고 답답해진다. 어떻게 고치면 좋을지 생각해보자.

예시문 그중 가장 큰 우려는 '증자'에 대한 우려감이다.

수정문 그중 '증자'에 대한 우려가 가장 컸다.

예시문 과거에는 국내 소비자들이 미국의 블랙프라이데이 기간을 이용해 제품을 살 수 있는 기회가 드물었다. 국내에서 판매하는 동일한 제품이 50% 이상 가격이 할인되어도 국내 소비자가 이를 구매할 수 있는 방법은 미국으로 직접 가는 방법밖에 없었기 때문이다.

수정문 과거에는 국내 소비자들이 미국의 블랙프라이데이 기간을 이용해 제품을 살 수 있는 기회가 드물었다. 국내에서 판매하는 동일한 제품이 50% 이상 가격이 할인되어도 국내 소비자는 해당 품목을 구매하려면 미국으로 가서 직접 살 수밖에 없었다.

이 꼭지는 이 책의 다른 꼭지와 성격이 다르다. 다른 꼭지는 대부분 정확하고 간결하고 효율적으로 전하는 방법을 다뤘다. 나는 이 꼭지에서는 내용을 덜 답답하게 표현하는 방식을 제안했다.

4

줄입시다,
간결하게

과공비례(過恭非禮)다. 지나친 공손은 예의에 어긋난다. 고객의 자리에서 듣는 표현에서 종종 실감하게 되는 말이다. '과공'처럼 자제해야 할 것이 '반복하는 친절함'이다. 같은 의미를 덧붙여 표현하는 방식이다. '다운로드 받다'도 그런 사례다. '다운로드'가 '내려받다'는 뜻이므로 '다운로드하다'라고 말하면 된다. 전부 우리말로 바꿔 '내려받다'라고 하면 더 낫다.

이미 그 뜻을 지닌 단어에 그 뜻에 해당하는 다른 단어를 붙여 낱말을 길게 만드는 조어법이 널리 적용되고 있다. '느낌'을 나타내는 온갖 단어에 '감'이 붙어, 희열, 환희, 기대, 행복, 만족, 실망, 불행, 불안, 불만, 초조, 분노, 절망, 비애가 모두 친절한 '○○감'이라는 새로운 단어로 거듭나고 있다.

□ 트럼프 대통령 당선을 계기로 금융규제 완화 기대감이 대두됨에 따라 자금시장에서 CIP 이탈이 일부 완화되는 모습

□ 트럼프행정부의 대북 정책 불확실성으로 인해 투자자의 경계감 점증

○ 1~5차 핵실험 당시 환율 변동성은 확대되었으나 주식 및 채권시장에 미친 영향은 주식 자금이 채권 부문으로 이동하여 서로 완충됨

○ 북핵 경계감과 '한반도 위기설' 여파로 국가 신용 위험도를 반영하는 국채 CDS 스프레드가 10개월래 최고치를 기록하는 등 투자자의 불안심리 증대

희열감, 환희감, 행복감, 만족감, 실망감, 불행감, 불안감, 불만감, 초조감, 분노감, 절망감, 비애감…. 언제부터인지 감정을 나타내는 단어 뒤에 '-감'을 붙이고들 있다. 친절한 일이지만 군더더기일 뿐이다. 그냥 희열, 환희, 행복, 만족, 실망, 불행, 불안, 불만, 초조, 분노, 절망, 비애라고 하면 된다.

'감'이 필요한 단어도 있다. 열등감, 우월감, 좌절감 등이다. 열등, 우월, 좌절 등 단어가 가리키는 상황에서 느끼는 정서를 표현하기 위해 '감'을 붙인 것이다. 이런 조어법에 따라 '허탈감'도 가능하다. 그러나 '허탈감'보다는 '허탈함'이 소탈하다.

앞의 예시문을 보면 '감'이 두 군데 들어갔다. '경계감'과 '기대감'이다. 우선 '기대감'은 '기대'라고 쓰는 게 자연스럽다. '경계감'은 한 번 더 생각할 거리를 준다. '경계'는 태도를 나타내는 단어이므로 '경계하는 마음가짐'이라는 뜻으로 '경계감'이라고 쓸 수 있지 싶다. 그러나 '경계감'보다는 이미 많이 쓰이는 '경계 심리'가 적합할 듯하다. 한편 '불안심리'는 그냥 '불안'이라고 쓰는 게 낫다. 군더더기 '감'이 붙은 사례를 더 살펴보자.

- 수요가 감소하지 않으리라는 기대감을 형성했다.
- 분기 실적에 대한 실망감으로 주가가 큰 폭 하락했다.

'감'은 점점 무소부재한 존재가 되고 있다. 다음 사례를 읽어보면서 꼭 저렇게 해야 하는지, 대안은 무엇일지 생각해보자. 어느 회사의 사보에서 옮겨온 문장들이다.

- 후반부는 볼륨감이 돋보이는 범퍼와 흡사 조각작품을 연상시키는 조형적 아름다움이 있는 세로 형상의 날렵한 풀 LED 리어 콤비네이션 램프, 트윈 머플러 등으로 정제된 세련미를 더한다.
- 편안한 느낌의 수평적 레이아웃으로 확장된 공간감을 제공하며 최상급 천연 소재와 리얼 우드 적용으로 세심한 디테일이 돋보인다.
- 특히 낮은 RPM에서도 최대토크를 발현해 고속도로에서는 물론 도심에서 저중속으로 주행할 때에도 경쾌하고 파워풀한 가속감을 느낄 수 있다.
- 승차감과 조종안정성을 동시에 만족시키는 이 서스펜션은 고속 선회나 긴급 회피 상황에서 정밀하게 차체를 보호한다.
- 여기에 전후 도어 3중 실링 구조로 차폐감을 강화하고 도어 글래스와 맞닿는 립을 2중 구조로 설계해 풍절음의 실내 유입을 억제했다.

서두에 인용한 문장에는 다른 군더더기도 있다. '성'이다. '환율 변동성은 확대되었으나'는 '환율의 변동은 심해졌으나' 또는 '환율의 변동폭은 커졌으나'로 바꾸는 게 낫다. 불필요한 자리에 '성'을 덧붙이는 용례는 바로 다음 꼭지에서 다룬다.

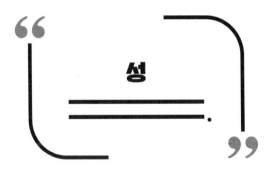

정보를 모으다 보면 고객 간의 유사성도 발견하고, 상품 간의 관계성도 보입니다. 이들을 다 조합해서 고객과 상품 간의 매치를 찾아내는 것입니다.

이 예시문에는 눈길을 멎게 하는 부분이 있다. '유사성'과 '관계성'이 적절하게 쓰인 것일까?

접미사 '-성'이 명사 뒤에 붙은 단어는 그 명사가 가리키는 개념의 성질을 뜻한다. 순수성은 순수한 성질, 신축성은 늘어났다가 줄어드는 성질, 양면성은 앞과 뒤가 다른 성질, 인간성은 인간으로의 성질, 민족성은 민족의 특성, 적극성은 적극적인 성질, 정확성은 정확한 성질, 창의성은 창의적인 성질이다. 이들 '○○성'은

'순수성이 있다' '양면성이 있다' '창의성이 돋보인다' '적극성이 좋다' '신축성이 좋다' '정확성이 뛰어나다' 등과 같이 쓰인다.

앞에서 다룬 '-감'이 그러하듯 '성'도 친화력이 좋다. 탄소가 다른 원소와 쉽게 결합하는 것처럼 말이다. 그러다 보니 필요하지 않은 곳에까지 다음과 같이 '성'이 낀다.

- 8월 보험주의 방향성을 결정지을 요인은 비급여 대책의 내용, 미국 금리의 방향성, 한국 금리수익률 곡선 정상화 등으로 압축해볼 수 있다.
- 내가 원하는 타깃에 원하는 메시지를 쉽게 전달하는 광고를 집행할 필요성이 커질 것으로 판단한다.
- 계열사 간 시너지를 극대화하고 경영 효율성을 높여 연말까지 실적 고공행진을 이어갈 방침이다.

이들 인용문에서 '성'은 필요하지 않을뿐더러 '성'을 덧대는 바람에 의미 전달의 **정확성**도 떨어지게 됐다고 나는 생각한다. 각각 '방향성'은 '방향'으로 고치고 '필요성'은 '필요'로 바꾸며 '효율성'은 '효율'로 쓰는 편이 낫다.

예시문 정보를 모으다 보면 고객 간의 유사성도 발견하고, 상품 간의 관계성도 보입니다.

이는 서두의 예시 문단 가운데 이 꼭지와 관련된 문장이다. 이 문장에서는 '유사성'보다 '유사점'이 더 적합하다. 이를 다음 문답을 예로 들어 설명한다.

> 김 대리: 구매 데이터를 살펴보니 A고객과 B고객은 '유사성'이 있어요.
> 박 과장: 그래? 어떤 점에서?
> 김 대리: 할인행사에 대한 반응도가 매우 높아요.
> 박 과장: 그런 '유사점'이 발견되는 고객들이 있지. 그런 고객 리스트를 모아 따로 관리하면 좋겠네.

'유사성'이 있을 때 '유사점'이 발견되는 것이다. '상품 간의 관계성'에 대해서도 마찬가지로 말할 수 있다. '관계성'보다 '관계'가 더 알맞다. 이를 고려할 때 예문을 다음과 같이 고치면 좋다.

수정문 정보를 모으다 보면 고객 간의 유사점도 발견하고, 상품 간의 관계도 보입니다.

방향성, 필요성, 효율성은 국립국어원의 국어사전에 등재됐지만, 관계성은 아직 사전에는 오르지 않았다. 사전에 오르지 않았는데 많이 쓰이는 단어가 진정성이다. 다음 문답을 읽어보자.

Q. 꾸준한 인기의 원동력은 무엇이라고 생각하세요?

A. 꾸미지 않고 진정성 있는 모습을 보여주려고 노력하기 때문인 것 같아요.

사전에 없는 '진정성'이라는 단어를 가져다 '있는'까지 붙일 필요가 없다. 그 자리에 맞는 낱말이 이미 있다. '진정한'이다. 또는 '진실한'을 써도 된다. '진정성 있게'는 '진실되게'나 '진지하게'로 바꾸면 된다. 이를 염두에 두고 아래 인용문을 읽어보자.

이어 "그만큼 왜곡된 보도와 통제로 인해 눈과 귀를 막았던 시대였다"며 "촬영을 하면서 내가 그분들의 고통과 비극을 어떻게 다 알겠느냐만은 무거운 마음으로 희생당한 많은 분들의 정신을 조금이나마 진정성 있게 영화에 담고자 했다"고 털어놓았다.

전에 '진심으로 짓는다'라는 어느 회사 광고의 카피가 마음에 쏙 들어왔다. 이 문구를 보고 아마 다른 회사라면 '진정성 있게 짓는다'라고 했으리라는 생각이 들었다. 덕지덕지 덧댄 표현이 어지러운 가운데 기본으로 돌아가 표현하는 자세가 내게 **진실되게** 전해졌다.

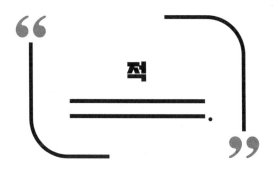

적

"유식하게 보이고 싶지? 내가 비법을 하나 알려줄까?"

"그런 비법이 있답니까?"

"어렵지 않지. 말을 할 때 뒤에다 적(的)을 붙여. 종교적, 과학적, 철학적, 그러면 일단 석사급은 돼 보인단 말이지."

"아, 그러고요?"

"박사급이 될라면, 하나 더 붙여. 앞에다 탈(脫)을 붙여. 탈종교적, 탈과학적, 탈철학적, 그렇게 말이여. 그리고 그런 말을 할 때는 딴 곳을 쳐다봐. 눈빛은 수평보다 약간 높게. 그러면 어떻게 보이것어?"

"오, 그런 방법이 있었구먼요? 그러면 정말 탈세속적으로 보이겠습니다."

"그렇지, 바로 그거야!"

오랜 벗 이광이 형이 전해준, 지성적으로 말하고 이지적으로 보이는 방법이다. 전에는 '마음적으로'라는 부사가 많이 들렸다. '-적'을 붙여서 단어를 치장하는 언어 구사 관습에서 빚어진 단어다. 다음 예문을 보자. '마음적으로' 대신 '마음'을 써서 더 자연스럽게 말할 수 있다.

예시문　정말 내가 마음적으로 그것을 바라고 있는가.
수정문　정말 내 마음이 그것을 바라고 있는가.

예시문　11~12회 찍을 때 마음적으로 힘들었다.
수정문　11~12회 찍을 때 내 마음이 힘들었다.

'적'을 써서 형용사를 만들지 않고, '적으로'를 더해 부사로 바꾸지 않아도 된다면 그렇게 해보자. 글이 더 간결해진다. 이 방식은 유일한 정답은 아니지만, 꼭 필요하지도 않은데 '적'을 많이 넣은 것에 비해서는 낫다고 나는 생각한다. 다음 사례에서 이를 함께 생각해보자.

- ECB 역시 추가적인 완화정책을 내놓을 수 있다는 뜻을 시장에 뚜렷하게 내보였다.
- 통화정책은 '돈을 낮은 금리로 빌려줄 테니 빌려가서 쓰라'

는 맥락에서 경기부양적인 정책이지만, 어쨌든 빌린 돈은 갚아야 하기 때문에 사업이 잘될 것 같지 않으면 경제주체들은 군이 돈을 빌려서 위험한 사업을 하려 들지 않는다.

- 따라서 효과가 불투명한 통화정책보다 직접적으로 영향을 미칠 수 있는 재정정책이 확대될 것으로 판단한다.
- 우리나라의 경상수지는 지속적으로 계속 흑자를 보이고 있다.

'추가적인 완화정책' 대신 '추가 완화정책'이라고 써도 되는 것처럼 '적인'이 꼭 필요하지는 않은 경우가 많다. 예를 하나 더 들면 '매파적인 성향' 대신 '매파 성향'이라고 해도 된다. 또 '직접적으로'와 같은 의미로 '직접'을 쓸 수 있다. '직접'은 명사이자 부사로 활용되기 때문이다. 이에 비해 '간접'은 명사로만 쓰인다. 이제 앞 꼭지에서 다룬 문단을 '적'에 주목해 다시 읽어보자.

아마존의 추천 시스템은 자회사인 A9에서 만들었습니다. 아니, 만들고 있습니다. 지금도 지속적으로 보완하고 개선하고 있기 때문입니다. 얘기했듯이 추천 시스템의 기반은 상품정보와 고객정보입니다. 상품과 고객을 여러 항목으로 세분화합니다. 그리고 그 세분화한 항목에 대하여 다시 엄청난 상품정보와 고객정보를 모읍니다.

> 정보를 모으다 보면 고객 간의 유사성도 발견하고, 상품 간의 관계성도
> 보입니다. 그리고 최종적으로 이들을 다 조합해서 고객과 상품 간의 매치
> 를 알아내고 '당신을 위한 추천'을 하는 것입니다.

여기서는 '적'을 지우고 표현하는 방법이 없다. 그러나 '적'이 들어간 단어 대신 다른 낱말을 쓰는 대안을 생각할 수 있다. '지금도 지속적으로 보완하고'는 '지금도 계속 보완하고'로 쓸 수도 있고, '그리고 최종적으로 이들을 다 조합해서'는 '그리고 마지막으로 이들을 다 조합해서'라고 표현해도 된다.

우리말과 글을 너무 '감' '성' '적'으로 표현하는 추세에 대해 생각하다 불현듯 다른 한자도 이렇게 결합하는 게 아닌가 하는 의심이 들었다. 예를 들어 '끈기'라고 하면 될 자리에 굳이 '력'을 붙여서 '끈기력'이라고 쓰는 경우가 있지 않을까. 그래서 기사를 검색해봤다. 주요 언론사의 사설이 나왔다. '끈기력'이 들어간 문단은 다음과 같다.

> 박영수 특검은 윤석열 대전고검 검사를 수사팀장으로 임명해줄 것을 요
> 청하는 등 수사팀 구성에 들어갔다. 박근혜 정부 초기 국정원 댓글 사건

을 수사했던 윤 검사는 "나는 개인에게 충성하지 않는다"는 국감장 발언으로 청와대의 눈 밖에 났었다. 이후 그는 줄곧 고검에서 좌천성 근무를 했다. 윤 검사 외에도 많은 검사가 이번 특검 참여를 희망하고 있다. 박 특검은 "의지와 끈기력 있는 검사를 중심으로 선발하겠다"고 말했다.

'끈기력'은 이제 막 쓰이기 시작한 단어로 추정된다. 한 포털에서 뉴스를 검색해보니 104건이 나온다. 당연히 아직 국어사전에 실리지 않았다. 사설의 제목은 〈김수남 검찰총장, 우병우와 내통한 검사 솎아내라〉이다. 우리말과 글에서 '감' '성' '적' '화'와 함께 자주 솎아낼 대상에 '력'이 추가될지 모르겠다.

꼬리를 끊어라

예보 모델은 대기권을 가로·세로·높이 10~12㎞의 입체 공간으로 세분화한다.

먼저 단어 하나의 변화 추이를 따라가보자. 개똥벌레는 고사성어 형설지공(螢雪之功)에 등장한 곤충이다. 개똥벌레의 다른 이름은 '반디'였다. 반디는 1990년에 편찬된 《동아 새 국어사전》에 표제어로 올랐다. 이 사전에는 '반딧불이'가 없다. 반딧불이는, 내가 갖고 있는 사전을 기준으로, 그 전에 편찬된 사전에도 나오지 않는다. 두 사전에는 '반딧불'은 표제어로 올랐다. 각각 '개똥벌레의 꽁무니에서 반짝이는 인의 불빛' '개똥벌레의 꽁무니에서 반짝이는 불빛'이라고 풀이했다.

반디를 보지 못했고 반디라는 단어도 모르는 사람들이 늘었다. 그런데 그들은 반딧불은 알았다. 반딧불을 내는 벌레에 새 이름을 붙여줘야 한다고 생각했다. 그래서 '반딧불이'를 만들었다. 새로 등장한 반딧불이가 반디를 몰아냈다. 옳고 그름을 얘기하려는 것은 아니다. 말은 바뀐다. 다만 더 단단하고 간결한 낱말을 버리고 군더더기 단어를 채택하는 변화를 개인적으로 안타깝게 여긴다. 간결한 언어로도 충분하고, 우아함은 간결함에서 나온다.

이제 본론인 접미사 '-화'로 들어선다. 접미사 '-화'를 국립국어원의 국어사전은 "(일부 명사 뒤에 붙어) '그렇게 만들거나 됨'의 뜻을 더하는 접미사"라고 설명한다. 예를 들면, 도시화는 도시처럼 됨을 뜻하고, 전문화는 전문이 됨을 의미한다.

단어 뒤에 '화'를 붙이는 용례는 한자에서 왔다. 그렇게 만들어진 단어로 '강화' '약화' '둔화'를 생각해보자. 각각 '강하다' '약하다' '둔하다'에 '화'가 더해진 단어다. '변화'는 '변하다'라는 동사에 '화'가 결합한 경우다. 따라서 국어사전은 '-화'의 용례와 관련해 '일부 명사 뒤에 붙어'라고 설명했지만, 형용사와 동사에도 '화'가 결합함을 알 수 있다. 문제는 동사나 형용사에 '화'를 붙여 명사로 만든 다음에 다시 그 명사를 동사나 형용사로 바꾸는 데서 비롯된다. 말이 조금 복잡하니 다음 사례를 살펴보자.

- 이분하다(동사) → 이분화(명사) → 이분화하다(동사)
- 세분하다(동사) → 세분화(명사) → 세분화하다(동사)

반디가 반딧불이가 된 것과 비슷한 꼬리달기다. '이분화하다'라고 말하는 대신 '이분하다'라고 하면 된다. '세분화하다'보다 '세분하다'가 간결하다. 예시문은 따라서 다음과 같이 쓰는 편이 더 낫다.

> 예보 모델은 대기권을 가로·세로·높이 10~12㎞의 입체 공간으로 세분한다.

다음 문장도 고쳐보자.

예시문 개인에 맞게 세분화된 이러한 광고 방식은 기존 광고와 많은 차이가 있다.

수정문 개인에 맞춰 세분한 이러한 광고 방식은 기존 광고와 많은 차이가 있다.

꼬리달기는 계속된다. 다음 변화를 살펴보자.

- 노후하다(형용사) → 노후화(명사) → 노후화하다(동사) → 노후화함(명사)
- 고도하다(형용사) → 고도화(명사) → 고도화하다(동사) → 고도화함(명사)

고도화가 있는데, 군이 '함'을 더해서 뜻이 같은 '고도화함'을 만들어 다음과 같이 쓰는 것이다. 대안이 정답은 아니지만, 대안과 같은 방식의 표현을 더 활용해야 한다고 나는 생각한다.

예시문 자동차와 스마트폰·생활가전·반도체·방산분야 기기가 고도화함에 따라 각종 '버그' 가능성이 증가하면서 검증 자동화 시스템의 수요도 늘어난다고 회사 측은 설명했다.

수정문 자동차와 스마트폰·생활가전·반도체·방산분야 기기의 고도화에 따라 각종 '버그' 가능성이 증가하면서 검증 자동화 시스템의 수요도 늘어난다고 회사 측은 설명했다.

예시문 플랜트 부문의 원가율이 정상화함에 따라 전체적인 이익률 개선이 가능하다.

수정문 플랜트 부문 원가율의 정상화에 따라 전체적인 이익률 개선이 가능하다.

다음 변화를 놓고도 생각해보자.

- 둔하다(형용사) → 둔화(명사) → 둔화하다(동사)
- 약하다(형용사) → 약화(명사) → 약화하다(동사)
- 강하다(형용사) → 강화(명사) → 강화하다(동사)

'둔하다'라는 형용사를 동사로 바꿔서 쓰는 방법을 우리는 안다. '둔해지다'로 활용한다. '약하다'는 '약해지다'로 쓴다. 마찬가지로 '강화하다'라는 타동사는 '강하게 하다'로 활용하면 된다. 기본형으로 다 표현할 수 있는데도 꼬리를 덧댄 변형을 꼭 써야 하는 경우는 별로 없다.

사랑했던
것이었던 것

S&P 500 지수는 이후 금융위기 시기에는 667까지 하락하기도 했으나,
양적완화를 통한 유동성 확대와 경제성장으로 2015년 상반기까지 꾸준
한 상승세를 지속하는 모습을 보였다.

무성영화 시대에는 영상을 해설해주는 변사가 활동했다. 변사
의 말투 중에 '~것이었던 것이었다'가 특이했다. 예를 들어 변사
는 '그리하야 이수일과 심순애는 사랑에 빠지고 말았던 것이었던
것이었다'라고 말했다. '그리하야 이수일과 심순애는 사랑에 빠
지고 말았던 것이다'로도 충분한 말의 꼬리를 늘여 뺀 것이다. 이
는 강조하는 데 쓰는 '것이다'를 과거형 '것이었다'로 바꾼 다음 두

번 씀으로써 거듭 강조하고자 한 표현으로 짐작된다. 원래 문장은 '그리하야 이수일과 심순애는 사랑에 빠지고 말았다'이다. 한 번 강조하려면 '그리하야 이수일과 심순애는 사랑에 빠지고 만 것이 다'라고 하면 된다.

변사만 말의 꼬리를 늘여 빼지 않는다. 사람에게는 누구나 어느 정도 그런 성향이 있다. 예시문에서 '꾸준한 상승세를 지속하는 모습을 보였다'에 담긴 기본 사실은 '꾸준히 상승했다'뿐이다. 늘이고자 한다면 '꾸준한 상승세를 지속했다' 정도면 된다. '이 회사의 주가는 100% 이상의 상승률을 기록했다'의 술부는 '100% 이상 상승했다'면 되고, '분열되는 양상을 나타냈다'는 '분열됐다'로 충분하다. '금액은 ○○억 원 감소한 ○○○억 원을 기록했다'는 '금액은 ○○○억 원으로 ○○억 원 감소했다'로 대신하면 된다. 이를 다음 사례로 더 생각해보자.

예시문 현 시점에서는 장기적 관점에서 불안한 정치 이슈에서도 살아남을 수 있는 경쟁력을 갖춘 업체 중심으로 선별적 종목 접근의 투자 고민이 필요해 보입니다.

수정문 현 시점에서는 장기적 관점에서 불안한 정치 이슈에서도 살아남을 수 있는 경쟁력을 갖춘 업체 중심으로 선별적 접근이 필요해 보입니다.

예시문 가장 주목할 변화는 자산의 손상에 대한 처리인데, 기존에는 ~~손상 발생시점~~에 손상을 측정했지만 앞으로는 미래 경기상황을 반영해 발생 손상을 예측하는 기대신용손실 개념이 적용된다~~는 점어다~~.

수정문 가장 주목할 변화는 자산의 손상에 대한 처리인데, 기존에는 발생시점에 손상을 측정했지만 앞으로는 미래 경기상황을 반영해 발생 손상을 예측하는 기대신용손실 개념이 적용된다.

예시문 주 정부의 재정건전성 악화로 GDP 대비 인프라 투자가 2% 미만으로 감소하는 ~~추세로 파악된다~~.

수정문 주 정부의 재정건전성 악화로 GDP 대비 인프라 투자가 2% 미만으로 감소하는 추세다.

명사들을
뭉치지 말라

> 미국 재무부의 환율보고서에서 '환율조작국 지정'은 없었으며, 북핵 문제 등 지정학적 위험 역시 크게 확산되지 않았다.

명사 여럿을 붙여서 만든 명사구를 많이 쓰면 읽기 번거롭다. 인용한 문장에서 '환율조작국 지정'이 그런 명사구다. '환율조작국을 지정하지 않았으며'라고 풀어쓰자.

> 미국 재무부는 환율보고서에서 환율조작국을 지정하지 않았으며, 북핵 문제 등 지정학적 위험 역시 크게 확산되지 않았다.

명사구를 목적어로 한 구조는 영어의 영향을 받아 많아졌다는 인식이 있다. 그러나 영어권에서도 그렇게 쓰지 말자고 한다. 다음은 한 사이트의 영어 글쓰기 지침 중 일부다.

Ⅰ 주어를 명사구로 늘어뜨리지 말라

예시문 인권이 인류의 삶에 끼친 영향은 심대하다.

수정문 인권은 인류의 삶에 심대한 영향을 끼쳤다.

Ⅰ 명사 대신 동사를 쓰라

예시문 We will have a discussion about the strategy.

수정문 We will discuss the strategy.

예시문 The bank will make a distribution of the shares to the shareholders.

수정문 The bank will distribute the shares to the shareholders.

명사구를 쓴 사례를 수정한 문구와 함께 살펴보자.

예시문 미국 실업률은 완만한 하락 추세에 있다.

수정문 미국 실업률은 완만하게 하락하고 있다.

예시문 올해 전용선 5척이 투입됨에 따라 안정적인 외형 성장이 기대된다.

수정문 올해 전용선 5척이 투입됨에 따라 외형이 안정적으로 성장할 것으로 기대된다.

예시문 시황에 크게 휘둘리지 않고 꾸준하고 안정적인 이익 창출이 가능한
구조다.

수정문 시황에 크게 휘둘리지 않고 꾸준하고 안정적으로 이익을 창출할 수
있는 구조다.

예시문 '과거와 같은 벌크선 공급 증가'는 당분간 발생하지 않을 것으로 예상
한다.

수정문 과거와 달리 당분간 벌크선 공급은 증가하지 않을 것으로 예상한다.

예시문 이는 시장이 더 이상 완화적인 통화정책에 기대를 가지지 않는다는
것을 짐작하게 한다.

수정문 이는 시장이 더 이상 완화적인 통화정책에 대해 기대하지 않는다는
것을 짐작하게 한다.

명사구를 고쳐 다시 쓰는 과정을 다음 예시를 통해 살펴보자.

예시문 장기운송계약은 기간에 따른 (따라) 계약금액이 고정되어 있기 때문에
~~BDI 등락에 따른~~ (BDI가 등락해도) ~~매출 변동은 발생하지~~ (매출은 변동하지)
않는다.

수정문　장기운송계약은 기간에 따라 계약금액이 고정되어 있기 때문에 BDI가 등락해도 매출은 변동하지 않는다.

예시문　이렇게 시황이 돌아서게 되면 벌크선사들은 선박 발주를 통해 (선박을 발주해) 더 많은 화물을 운반하려 한다.

수정문　이렇게 시황이 돌아서게 되면 벌크선사들은 더 많은 화물을 운반하기 위해 선박을 발주한다.

있다가 없어도 된다

사람들은 누구나 적어도 한 가지씩은 혐오하며 살아간다. 그 대상은 개일 수도 있고 가수일 수도 있고 정치지도자일 수도 있고 때로는 특정 지역의 사람들일 수도 있다. 사람들은 자신이 혐오하는 것들과 닮아 있다.

김동인은 단편소설 〈발가락이 닮았다〉를 썼다. 제목이 '닮았다' 이지 '닮아 있다'가 아님에 유념하자.

'닮다'는 동사다. '닮은 모습'은 '닮다'라는 동사가 실행된 결과다. 그래서 a가 b와 비슷하면 'a는 b를(와) 닮았다'라고 표현한다. '닮은 사람 찾기'가 맞고, '닮아 있는 사람 찾기'는 틀리다. 수학시간에 배운 '닮은꼴'이라는 개념도 떠올려보자. '닮은꼴'이지 '닮아 있는 꼴'이 아니다.

어느 광고에 '내 다리가 휘어져 있다고?'라는 문구가 쓰였다. 같은 이유로 '휘어져 있다'도 틀린 표현이다. '휘다'는 동작이 이뤄지면 '휘었다'가 된다. 위 문구는 '내 다리가 휘었다고?'로 써야 한다. 추가로 설명하면, '휘어져 있는 다리'가 아니라 '휜 다리'다.

사례를 몇 가지 더 든다. '피부가 약해져 있다'가 아니라 '피부가 약해졌다'로 쓰자. '사랑이 듬뿍 담겨 있는 식사 한 끼'보다는 '사랑이 듬뿍 담긴 식사 한 끼'라고 표현하자. '소문이 나 있는' 대신 '소문난'이라고 하자. '진출해 있다' 대신 '진출했다'로, '다양한 시스템이 개발돼 있다' 대신 '다양한 시스템이 개발됐다'로, '기업 중 절반이 가입해 있다' 대신 '기업 중 절반이 가입했다'라고 하자.

이를 고려해 앞 예시문(김영하, 〈도드리〉 중에서)의 마지막 문장을 어떻게 바꿀지 생각해보자. 닮는 동작이 이뤄진 상태를 강조하려면 이렇게 쓰면 되겠다.

• 사람들은 어느새 자신이 혐오하는 것들과 닮아버린다.

과정을 이야기하려면 다음과 같이 표현하면 된다.

• 사람들은 자신이 혐오하는 것들과 닮는다.

- 사람들은 자신이 혐오하는 것들과 닮게 된다.

지금까지 '현재 상태'임을 친절하게 알려주기 위해 흔히 붙이는 '있다'는 군더더기임을 말했다. 이제 진행 중임을 알려주기 위해 덧붙이는 '있다'도 불필요한 경우가 많다는 점을 사례로 살펴본다.

- 정부는 올해 국민소득이 2만 9200달러를 기록한 뒤, 내년 3만 400달러가 될 것으로 ~~커대하고 있다.~~ **기대한다.**
- '슬기로운 감빵생활'은 감옥을 배경으로 미지의 공간 속 사람 사는 모습을 그린 에피소드 드라마. 드라마 〈응답하라〉 시리즈를 성공으로 이끈 신원호 PD가 메가폰을 잡아 눈길을 ~~끌고 있는~~ **끄는** 작품이다.
- 10일 한국저작권보호원에 따르면 지난 2월 발족한 해외사이트 유통현황 모니터링단을 통해 조사한 결과, 올해 2~6월 총 2982개 사이트가 우리 콘텐츠를 ~~유통 중인~~ **유통하는** 것으로 나타났다. 이 중 합법적으로 우리 콘텐츠를 ~~유통하고 있는~~ **유통하는** 곳은 1%(29개)에 불과하다는 게 저작권보호원 설명이다.

"
경제성장률이
성장했다고?
"

지난해 4분기 경제성장률이 전기 대비 0.4% 성장하면서 5분기 연속 0%
대 성장을 이어갔다.

한 경제신문 지면에 실린 기사의 첫 문장이다. 기자가 쓴 기사
는 해당 부서의 차장과 부장의 손을 거친다. 그 다음 교열부에서
수정돼 편집부로 넘어간다. 편집부의 기자와 간부도 이 기사를 본
다. 편집된 지면은 부국장과 편집국장한테도 올라간다. 편집국장
이 모든 지면에 실린 기사를 전부 다 읽는 건 아니지만 말이다. 그
러니 이 첫 문장을 쓰고 읽은 사람은 기자부터 국장에 이르기까지
많으면 여덟 명이 된다. 여덟 명의 근무 연수를 합하면 얼마나 될

까. 100년은 족히 넘을 게다. 저 한 문장이 무려 100년의 역량을 통과해 나온 셈이다. 그러나 저 문장은 고칠 부분이 한두 곳이 아니다. 고칠 부분이 많다는 것은 저 문장에 담긴 내용을 깔끔하게 정리하는 일이 100년의 역량으로도 만만치 않다는 방증이다.

먼저 비문이다. 저 문장의 주어는 '지난해 4분기 경제성장률'이다. 경제성장률은 저 문장에서처럼 '성장'하지 않는다. 높아지거나 낮아진다. 이 부분을 다음과 같이 바로잡을 수 있다.

수정문 지난해 4분기 경제성장률이 전기 대비 0.4%로 집계됐다. 경제성장률은 이로써 5분기 연속 0%대에 머물렀다.

이렇게 고친 문장을 다시 읽어보자. 아직도 미진한 부분이 보일지 모른다. '4분기 경제성장률이 전기 대비 0.4%로 집계됐다'는 문장은 '4분기 경제성장률'이 '전 분기 (경제성장률)' 대비 얼마나 차이가 났는지로 읽힐 소지가 있다. 그렇게 오독할 사람은 적지만 그 가능성을 염두에 두고 최대한 정확하게 써야 한다. 오해의 소지는 문구를 다음과 같이 바꿔도 해소되지 않는다.

수정문 전기와 비교한 지난해 4분기의 경제성장률이 전기 대비 0.4%로 집계됐다. 경제성장률은 이로써 5분기 연속 0%대에 머물렀다.

'지난해 4분기의 전기 대비 경제성장률'이라고 표현하면 조금 정확해지는 듯한데, 이 문구는 상당히 어색하다. 해법이 없고 정답도 없는 걸까? 포기하기는 이르다. 기자가 저 문장을 쓰기 전 참고한 보도자료는 어떻게 작성됐는지 궁금하다. 한국은행 자료를 찾아보니 다음과 같이 작성됐다.

2016년 4/4분기 중 실질 국내총생산(GDP)은 전기 대비 0.4% 성장. 연간으론 전년 대비 2.7% 성장

'경제성장률', 즉 '국내총생산(GDP) 성장률' 대신 '국내총생산(GDP)'을 주어로 썼다. 이렇게 하면 '경제성장률이 성장했다'는 중첩이자 오류도 피할 수 있을뿐더러 '4분기 경제성장률이 전기 경제성장률 대비 0.4% 차이가 났다'고 읽힐 소지도 제거할 수 있다. 우리가 기자라면 한국은행의 자료에서 다음과 같은 리드(첫 문장)를 뽑아낼 수 있다.

수정문 우리나라 경제가 지난해 4분기에 전 분기보다 0.4% 성장하며 5분기 연속 0%대 성장률에 머물렀다.

국내 모든 언론매체의 기사가 저와 같지는 않을 것이다. 상당수

기사는 사실을 정확하게 표현했으리라고 생각한다. 외국 매체는 어떨까. 몇 문장을 뽑아봤다.

- The Eurozone economy grew faster than that of the U.S. last year for the first time since 2008.

  (지난해 유로존 경제가 2008년 이래 처음으로 미국보다 빠르게 성장했다.)
- Eurozone's gross domestic product in the fourth quarter was 0.5% higher than in the three months to September.

  (유로존의 4분기 국내총생산은 3분기보다 0.5% 증가했다.)
- Consumer prices were 1.8% higher in January than a year earlier.

  (1월 소비자물가는 1년 전보다 1.8% 상승했다.)

앞의 세 인용문 모두 '경제성장률' 대신 '경제'나 '국내총생산'을 썼다. 물가 통계를 전할 때도 '소비자물가상승률'보다 '소비자물가'를 주어로 하는 편이 편하다. 이제 다음 문구를 어떻게 가다듬을 수 있을지 생각해보자.

예시문 미국의 4분기 GDP 성장률은 전 분기 대비 연율 1.9% 수준이었는데, 주택가격의 상승률은 전년 동기 대비 5%에 이른다.

수정문1 미국 경제는 지난해 4분기에 전 분기 대비 연율로 1.9% 성장했는데,

주택가격은 전년 동기 대비 5%나 올랐다.

수정문2 지난해 4분기에 미국 경제는 전 분기 대비 연율로 1.9% 성장했는데, 주택가격은 전년 동기 대비 5%나 올랐다.

이런 서술방식은 경제성장률, 소비자물가상승률, 주택가격 등 경제지표 외에 매출성장률, 이익증가율 등 개별 기업의 경영실적을 다루는 데에도 활용 가능하다.

5

맞춤법 또 배웁시다, 꼼꼼하게

'난 요세 맨날 돌아다니는뎅. 영맛살이 꼈나?' '골이 따분한 성격' '멘토로 삼기 좋은 인물' '부랄이던 눈'…. 맞춤법을 창의적으로 틀린 사례들이다. 우리말 맞춤법이 어렵다지만, 이런 사례는 일부러 지어낸 게 아닐까 싶을 정도로 신기하다.

설령 우리가 저렇게 희한하게 틀리지 않더라도, 우리말 맞춤법은 숱한 곳에서 우리를 괴롭힌다. 맞춤법이 어려운 것은 원리에 따른 원칙이 있는데, 많은 원칙에 예외가 있거나 예외가 있는 듯하기 때문이 아닌가 싶다. 예를 들어 '지난주'는 붙여 쓰고, '다음 주'는 띄어 쓴다. 이것도 헷갈리는데, '다음날' '다음번'은 한 단어로 붙여 쓴다니, 더 혼란스럽다. 자주 쓰는 단어는 외우는 수밖에 없다.

알맞은, 걸맞은

이번 행사기간에는 DIY 트렌드에 맞춰 신혼집을 개성 있게 꾸며줄 상품도 선보인다. 공간에 따라 다양하게 활용 가능한 트랜스포머 식탁과 홈시어터를 가능케 하는 미니 빔프로젝터, 카페 분위기를 연상시키는 캔들과 디퓨저까지 다양한 홈데코 상품이 전시된다. 특별히 3층 행사장을 아파트 모델하우스처럼 구성해 신혼집에 걸맞는 혼수를 준비하는 고객들에게 실질적인 도움을 주도록 했다.

틀린 부분을 찾아내셨는지. '신혼집에 걸맞는 혼수를 준비하는 고객들에게' 대목이다. '걸맞는' 자리에는 '걸맞은'이 **걸맞다.** 이에 대한 설명은 이 꼭지의 맨 마지막에 나온다. 여기에는 어법이라는 원리가 있다. 그 어법을 살펴보자.

- 독 짓는 늙은이 / 그 늙은이가 지은 독
- 물을 끓이는 주전자 / 끓인 물
- 파는 물건 / 판 물건

이들 용례에서처럼 동사를 동작이 이뤄**지는** 데 쓰면 어미로 '는'이 붙는다. 동작이 이뤄**진** 데 쓰면 '은'이나 'ㄴ'이 온다. 이는 '이뤄지는'과 '이뤄진'에서도 확인된다. 같은 이치로, 상태를 나타내는 형용사가 명사를 수식할 때에도 어미가 '은' 'ㄴ'으로 바뀐다.

- 아름답다 / 아름다운
- 멋지다 / 멋진
- 슬프다 / 슬픈

'않다'에서는 용례가 갈라진다. '않다'는 두 가지다. 하나는 보조 동사고, 다른 하나는 보조 형용사다. '밤이 깊었는데도 쉬지 않고 일하다'에서는 보조 동사고, '냄새가 향기롭지 않다'에서는 보조 형용사다. 따라서 '쉬지 않는 사람'이고, '냄새가 향기롭지 않은 와인'으로 써야 한다. 이제 연습문제를 풀어보자.

- 깜짝 꼬꼬면 파티가 열렸습니다. 빨갛지도 않는데 살짝 매콤하고 훨씬 담백합니다.
- 두 문화 사이의 간격은 우리가 생각했던 것만큼 넓지는 않는 것 같다.
- 마침내 남부럽지 않는 멋진 서재를 간신히 일궈낼 수 있었다.

'빨갛지도 않는데'를 '빨갛지도 않은데'로, '넓지는 않는 것'을 '넓지는 않은 것'으로 써야 한다. '남부럽지 않는 멋진 서재'가 아니라 '남부럽지 않은 멋진 서재'다. 고작 '는'과 '은' 차이가 아니다. 우리말의 과학적인 어법과 관련된 부분이다. 위에서 언급한 인용문의 필자들도 이런 어법을 다 알지만 오타를 낸 것이면 좋겠다. 대학 교수가 번역한 책을 계속 읽다가 나는 다음 문장과 맞닥뜨렸다.

- 당치도 않는 이야기다.

글을 쓰면서 많이 틀리는 대목이 '알맞은' '걸맞은'이다. '알맞는' '걸맞는'으로 잘못 쓰기 쉬운 단어들이다. 헷갈리게 된 요인은 '맞다'라는 단어에 있다. '맞다'는 동사로도 형용사로도 쓰인다. '틀림이 없다'는 뜻의 형용사로 쓰일 때는 '맞은'으로 어미가 바뀌어야 한다. 그래서 '알맞은'과 '걸맞은'이 **맞다.**(여기서 '맞는다'로 표기하면 맞지 않다.)

'맞는다'가 맞나.

다음 둘 중 바르게 쓰인 문장에 ○표를 하시오.

- 네가 적은 게 해답이 맞다. (   )
- 네가 적은 게 해답이 맞는다. (   )

정답을 공개하기 전에, 이 간단한 문제 아래엔 동사와 형용사의 차이, 사전의 변천, 사전의 변화는 진화인가 퇴화인가, 국립국어원의 어문정책 등이 쌓여 있고 그래서 이 문제는 간단치 않음을 강조하고자 한다. 우선 다음 문장을 보자.

- 비가 오면 비를 맞는다.

- 김태희가 비를 신랑으로 맞는다.

이처럼 '맞다'라는 동사는 '맞는다'로 쓰인다. '때리다'라는 동사가 '때린다'로 활용되는 것처럼 말이다.

- 소낙비가 창문을 후드득 거세게 때린다.

'맞다'라는 단어는 동음이의어가 여럿 있다. 그런데 여러 '맞다'가 모두 동사라면, 위의 문제에 대한 답은 '맞는다'가 맞겠다. 아래 국립국어원의 표준국어대사전(온라인)에 따르면 그렇게 된다.

맞다⁰¹[맏따] [맞아, 맞으니, 맞는[만-]]
「**동사**」
[1] 「1」 문제에 대한 답이 틀리지 아니하다.
「2」 말, 육감, 사실 따위가 틀림이 없다.
「3」 ((앞 사람의 말에 동의하는 데 쓰여)) '그렇다' 또는 '옳다'의 뜻을 나타내는 말.
[2] 【…이】
「1」 어떤 대상이 누구의 소유임이 틀림이 없다.
「2」 어떤 대상의 내용, 정체 따위의 무엇임이 틀림이 없다.
[3] 【…에/에게】
「1」 어떤 대상의 맛, 온도, 습도 따위가 적당하다.
「2」 크기, 규격 따위가 다른 것의 크기, 규격 따위와 어울리다.
[4] 【(…과)】(('…과'가 나타나지 않을 때는 여럿임을 뜻하는 말이 주어로 온다))
「1」 어떤 행동, 의견, 상황 따위가 다른 것과 서로 어긋나지 아니하고 같거나 어울리다.
「2」 【…에/에게】모습, 분위기, 취향 따위가 다른 것에 잘 어울리다.

맞춤법 또 배웁시다, 꼼꼼하게

맞다02 [맏따] (맞아, 맞으니, 맞는[만-])

「**동사**」

[1]【…을】

「1」오는 사람이나 물건을 예의로 받아들이다.

「2」적이나 어떤 세력에 대항하다.

「3」시간이 흐름에 따라 오는 어떤 때를 대하다.

「4」자연 현상에 따라 내리는 눈, 비 따위의 닿음을 받다.

「5」점수를 받다.

[2]【…에게 …을】

어떤 좋지 아니한 일을 당하다.

[3]【…을 …으로】

가족의 일원으로 예를 갖추어 데려오다.

맞다03 [맏따] (맞아, 맞으니, 맞는[만-])

「**동사**」

「1」【…에게 …을】외부로부터 어떤 힘이 가해져 몸에 해를 입다.

「2」【…에 …을】침, 주사 따위로 치료를 받다.

「3」【(…을) …에】쏘거나 던지거나 한 물체가 어떤 물체에 닿다. 또는 그런 물체에 닿음을 입다.

이 사전의 첫 표제어에, 여기에 해당하는 풀이인 '문제에 대한 답이 틀리지 아니하다'가 나온다. 그런데 말이다. 내가 말은 어눌하지만 언어감각은 갖춘 편인데, 내 어감에는 '맞는다'가 아니라 '맞다'가 맞는 것 같다. 궁금한 건 확인해봐야 직성이 풀린다. 집에 있는 사전을 들춰봤다.

맞다5 [형] ① 틀림이 없다 ¶ 해답이 ―. ②사실과 같거나 알맞다 ¶ 그 계획은 실정에 ―.

동아출판사의 1990년 국어사전(이하 동아사전)이다. 대사전이 아니라 중간 크기의 사전이다. 이 사전에는 '맞다' 표제어에 형용사도 실렸다. 표준국어대사전에 동사로 더부살이하게 된 '맞다'가 동아사전에서는 독자적인 표제어 자리를 차지하고 있다. 형용사 '맞다'의 현재형은 그대로 '맞다'이고 다음과 같이 쓰인다.

- 네가 적은 답이 맞다.
- 네 말이 맞다.

표준국어대사전은 이와 같은 뜻을 지닌 형용사 '맞다'를 지운 뒤, 이 단어를 동사에 끼워 넣은 것이다.

'맞다'의 표제어를 놓고 두 사전을 비교하던 나는 표준국어대사전의 문제가 이뿐이 아님을 발견했다. 표준국어대사전은 '맞다'라는 동사를 전부 '동사'로만 분류했다. 동사에는 자동사와 타동사가 있다. 영어만 그런 게 아니라 우리말도 그렇다. 동아사전은 다르다. 표제어 바로 옆에 '자'나 '타'가 네모로 둘러싸인 표시가 있다. '자'는 자동사, '타'는 타동사를 나타낸다.

> **맞다**4 [타] ① 오는 사람을 기다려 받아들이다. ¶ 손님을 —. / 방문객을 박수로 —. ②(가족이나 동료로서)받아들이다. ¶ 며느리를 —. ③(시간이 흘러)어떤 때나 상태가 됨을 겪거나 대하다. ¶ 새봄을 —. / 광복을 —.

어느 동사가 자동사인지 타동사인지는 활용하는 데 필요한 정보다. 예를 들어 '확장하다'는 타동사이고 '성장하다'는 자동사다. 어느 대상을 '성장하도록 한다'는 말을 하려면 '성장시키다'라고 쓴다. 그러나 확장하다는 타동사이므로 어느 대상을 그냥 '확장하다'라고 하면 된다. '도로를 확장하다'와 같이 말이다. 이런 구분을 표준국어대사전조차 하지 않아 가르치지도 않으니, '확장시키다'라는 용례가 틀리지 않은 것처럼 널리 활용되고 있다. 네이버에서 '확장시키다'가 들어간 기사를 검색해보니 138만여 건이 나온다. 나는 표준국어대사전이 내 동아사전에 비해 퇴화했다고 본다.

미셸 오바마는 왜 사랑 받았을까

(전략) 백악관 입성 당시와 똑같은 68%의 호감도를 받으며 미 역사상 가장 사랑 받은 퍼스트레이디 중 한 명으로 기록됐다.

버락 오바마 미국 대통령이 퇴임한 후에도 퍼스트레이디이던 미셸 오바마의 인기는 여전하다는 내용의 기사 중 일부다. 제목 아래 본문 중 한 문장을 옮겼다. 제목에서 '사랑 받았을까' 부분의 띄어쓰기가 눈에 띈다. 나는 이 대목을 보고 기사를 클릭했다. '본문 문장도 저렇게 띄어서 썼을까' 생각하면서. 기사를 읽어보니 본문에서도 '미 역사상 가장 사랑 받은 퍼스트레이디'라고 똑같이 썼다. 답부터 말하면 '사랑받았을까' '사랑받은 퍼스트레이디'가 맞다. '사랑받다'는 '사랑하다'의 피동형에 해당하는 동사이므로 한 단어로 써야 한다.

문법상 '받다'는 피동적인 뜻을 더하는 접미사다. 다음과 같이 활용된다.

- 청혼받다, 축복받다, 대우받다, 오해받다, 취급받다, 차별받다, 강요받다, 수업받다, 훈련받다, 환불받다, 수술받다….

피동의 의미를 부여하는 접미사에는 '받다' 외에 '되다'와 '당하다'가 있다. 이들 접미사가 붙은 단어도 당연히 붙여 쓴다. 먼저 '되다'가 붙는 단어를 살펴보자. 앞에 '받다'로 끝나는 단어 중에서는 '취급받다' '차별받다' '강요받다' 등이 '취급되다' '차별되다' '강요되다' 등으로도 활용된다. 피동형 접미사 중 '되다'로만 끝나는 단어는 '가결되다' '형성되다' '결정되다' 등이 있다. '받다'는 붙지 않지만 '되다'와 '당하다'가 붙는 단어는 다음이 있다.

- 거절하다 / 거절되다 / 거절당하다
- 이용하다 / 이용되다 / 이용당하다
- 사용하다 / 사용되다 / 사용당하다

다음 단어는 '받다' '되다' '당하다'가 다 붙는다.

- 강요하다 / 강요받다 / 강요되다 / 강요당하다
- 취급하다 / 취급받다 / 취급되다 / 취급당하다
- 차별하다 / 차별받다 / 차별되다 / 차별당하다

미셸 오바마를 '미 역사상 가장 사랑 받은 퍼스트레이디 중 한 명'으로 꼽고 쓴 기자는 '사랑을 받다'를 줄여서 '사랑 받다'라고 썼을 수 있다. 이런 짐작은 기사 중 다음 문장이 뒷받침한다.

- 가는 곳마다 박수갈채를 받는 행복한 전임 대통령 부부가 된 데에는 아내의 공이 혁혁하다.
- 미셸 오바마는 어떻게 이런 사랑과 지지를 받을 수 있었던 걸까.
- 온화하고 현명한 가정주부 이미지였던 로라 부시는 이라크 전쟁으로 낮은 지지율에 시달렸던 남편의 호전적 이미지를 보완하며 사랑을 받았다.

그러나 단어와 '받다'를 띄어서 쓰는 경우는 그 앞에 구체적인 사물이 올 때뿐이다. 예를 들어 '전화 받다'가 그런 경우다. 여기서 '전화'는 '전화기'를 가리킨다. 사랑, 축복, 대우, 오해, 차별 등 추상적인 단어에 '받다'가 결합한 경우엔 한 단어로 붙여서 쓴다.

명사를 목적어로 여기고 '하다'를 동사로 쓰는 어긋난 용례도 보인다. 특히 외국어와 '하다'가 결합한 '로그인 하다' '다운로드 하다' 등으로 자주 쓰인다. 또 '시작 하다' '생각 하다' '상승 하다' '확인 하다' '주문 하다' '결제 하다' 등도 종종 눈에 띈다.

우리글이 영어보다 어려운 부분 중 하나가 띄어쓰기다. 영어의 영향을 받아 조사도 하나의 단어로 여겨 띄어 쓰는 사례가 많아지고 있다. 다음은 그런 틀린 용례다.

- 계좌 개설부터 팔기 까지
- 모멘텀 보다는 중국 리스크 해소가 선행돼야 한다.

띄어쓰기는 어렵다. 그러나 적어도 한 단어를 토막 낸 뒤 띄어 쓰는 일은 피해야겠다.

띄어쓰기와 띄어∨쓰기

기초 재고가 100개인데 기말에는 200개가 됐고 지난달과 이번 달의 매월 생산량이 1000개이고 고정제조비용이 1000만 원이라고 하자.

시간은 매듭이 없이 흐른다. 인간은 시간에 매듭을 짓는다. 한 시간, 하루, 일주일, 일 년, 10년, 100년, 1000년 등으로 묶는다. 시간은 누구에게나 동일하게 흐르는 것 같지만, 아인슈타인은 상대성이론으로 시간이 지나가는 속도가 달라질 수 있음을 증명했다. 맞춤법에서도 지난 시간과 이번 시간, 다음 시간에 서로 다른 규칙을 적용한다. '지난'은 대개 시간을 나타내는 단어와 붙여 쓰는 반면, '이번'과 '다음'은 띄어 쓴다.

- 지난번, 지난밤, 지난날, 지난주, 지난달, 지난봄, 지난해
- 이번 주, 이번 달, 이번 봄, 이번 해
- 다음 주, 다음 달, 다음 해

이처럼 비대칭적으로 보이는 띄어쓰기에 대해 국립국어원은 다음과 같이 설명한다.

'지난주, 지난달, 지난해'는 하나의 단어인데, 이들은 동사 '지나다'의 관형사형 '지난'의 뜻과는 다소 거리가 있는 뜻으로 합성어의 뜻을 나타냅니다. 한편 '이번 주, 이번 달, 이번 해' '다음 주, 다음 달, 다음 해'의 '이번'과 '다음'은 명사 '이번' '다음'의 뜻을 그대로 나타내면서 뒤에 이어지는 '주, 달, 해'를 꾸밉니다. 이에 따라 '지난주, 지난달, 지난해'는 하나의 단어로 보아 모든 음절을 붙여 적고, '이번 주, 이번 달, 이번 해' '다음 주, 다음 달, 다음 해'는 단어별로 띄어 적습니다.

여기서 끝나면 쉽다. 예외가 있다. '다음날' '다음번'은 붙여 쓴다. 또 '지난'이 뒤에 오는 모든 단어와 붙는 것도 아니다. '지난 세월'은 띄어 쓴다. 비대칭적인 듯한 띄어쓰기의 사례는 더 있다. 신약성경 고린도전서 13장의 다음 구절을 읽어보자.

- 믿음, 소망, 사랑, 이 세 가지는 항상 있을 것인데 그중에 제일이 사랑이라.

이 말에서처럼 '그중'은 한 단어로 다룬다. 반면 '이 중'은 '이 중에서 정확한 표현을 고르시오'처럼 띄어 쓴다. 국립국어원은 '이'와 '중'은 각각의 단어이어서 사이를 띄운다고 설명한다.

한편 '띄어쓰기'와 '붙여쓰기'는 명사일 때는 한 단어로 쓰인다.

- 한글 띄어쓰기와 붙여쓰기는 참 어렵다.

그러나 다음 문장에서처럼 '쓰기'가 동사일 때에는 앞 단어와 사이를 띄운다.

- 단어를 바르게 띄어 쓰기 바랍니다.

'띄어쓰기'와 '띄어 쓰기'는 이 꼭지에서 여러 번 등장한다. 확인하며 복습해보기 바란다.

제가 한번 해보겠습니다

- 제가 일단 한번 해 보겠습니다.
- 한 번 실패했다고 해서 끝난 건 아니다.

언제 '한번'으로 붙여 쓰고, 언제 '한 번'으로 띄어 쓰는가. 국립국어원은 다음과 같이 설명한다. "'한번'을 '두 번', '세 번'으로 바꾸어 뜻이 통하면 '한 번'으로 띄어 쓰고 그렇지 않으면 '한번'으로 붙여 쓴다."

첫 문장에서 '한번'을 '두 번'으로 바꾸면 이상해진다. 따라서 첫 문장에는 '한번'이라고 써야 한다. 반면 둘째 문장의 '한 번'은 '두 번'이나 '세 번'으로 바꿔도 말이 되기 때문에 띄어 쓴다.

'한번'은 시도, 행위나 상태의 강조에 쓰이고, '언제' 또는 '일단' 등의 뜻으로도 활용된다. 사전의 용례를 살펴보자.

(시도)

- 한번 해 보다.
- 한번 먹어 보다.

(강조)

- 춤 한번 잘 춘다.
- 너, 말 한번 잘했다.

(언제)

- 우리 집에 한번 놀러 오세요.
- 시간 날 때 낚시나 한번 갑시다.
- 한번 찾아뵙고 싶습니다.

(일단)

- 한번 엎지른 물은 다시 주워 담지 못한다.
- 한번 물면 절대 놓지 않는다.
- 한번 먹으면 멈출 수 없는 맛이다.

이 원리는 '하나'를 뜻하는 '한'으로 시작하는 다음 단어에 두루 적용된다. 다음 단어는 '한'을 '두'로 바꾸면 말이 안 되기 때문에 붙여서 써야 한다.

- 한때, 한동안, 한눈, 한잔, 한마디, 한순간, 한구석, 한판, 한 몫, 한철, 한턱…

덤. '한몫'도 한 단어이고, '한몫하다'도 한 단어다. 하나나 둘, 둘쯤, 둘이나 셋이나 넷, 셋이나 넷, 다섯이나 여섯, 여섯이나 일곱을 가리키는 다음 단어들도 한 단어다.

- 한두, 두어, 두서너, 네댓, 대여섯, 예닐곱

도대체
'데'를 언제 띄워?

- 밤도 깊었는데, 내일 일찍 출발하려면 이제 자야지.
- 그런 경험이 앞길을 헤쳐나가는 데 큰 도움이 되리라고 본다.

'데'는 우리말에서 장소, 일, 것, 용처 등을 나타내는 **데** 쓰이는 의존명사다. 둘째 문장에서는 '일'이나 '것'의 뜻으로 쓰였다. 둘째 문장의 '데' 자리에 이 두 단어를 넣어보면 뜻이 통한다.

(곳/장소)

- 의지할 데 없는 사람
- 예전에 말한 데가 여기인지 모르겠다.

(일/것)

- 그 책을 다 읽는 데 꼬박 사흘이 걸렸다.
- 그 사람은 오로지 기록을 단축하는 데 목표를 뒀다.

(용처)

- 하찮아 보이는 것들도 다 써먹을 데가 있다.

이와 달리 '-ㄴ데'는 위 예시문의 첫 문장처럼 다음 절과 관련한 상황을 말할 때 연결하는 어미다.

- 지금 그럴 상황이 아닌데, 자네는 도대체 왜 그 주장을 하는 건가?

'데'만큼 사람들이 띄어쓰기를 자주 틀리는 의존명사가 '지'다. 이 의존명사는 어떤 일이 발생한 때로부터 지금까지의 동안을 나타낸다.

- 그를 만난 지도 꽤 오래됐다.
- 강아지가 집을 나간 지 사흘 만에 돌아왔다.

이와 달리 어미 '-(으)ㄴ지'는 추정이나 의문을 뜻하는 데 쓴다.

- 그는 영 마음이 놓이지 않았는지, 아이한테서 거듭 다짐을 받았다.

또 이어지는 절의 사실을 앞의 절과 연결하는 데에도 활용된다.

- 얼마나 긴장했는지, 면접이 끝나고 나니 맥이 다 풀렸다.

6

숫자를 장악합시다, 정확하게

'악마는 디테일에 있다'는 말이 있다. 세부를 신경 써서 작업하지 않으면 전체가 틀어질 수 있다는 뜻이다. 이 말을 다음과 같이 평범한 진리로 바꿀 수 있다. '완성도는 디테일에 좌우된다.' 디테일을 이루는 요소에는 숫자가 있다.

숫자를 능숙하게 다루지 않을 경우 그 자료는 정확도가 떨어지거나 어설퍼지거나 난삽해진다. 소수점 아래 의미 없는 숫자를 열거하는 것도 무성의한 서술 방식이다. 숫자가 포함된 서술에서 자주 보이는 오류가 중복과 군더더기다. 예를 들어 7% 감소했는데 이를 '-7% 감소했다'고 서술하는 것이다. 다른 중복으로 '약 40~50여 권 이상'을 생각해보자. 몇 가지나 중복이며 핵심만 남기면 무엇이 될까.

인구가 상승했나 증가했나

예시문 　법정 최고금리를 현행 27.9%에서 20%로 감소시키자는 법안도 있다.

예시문 　중국 경제가 활기를 띠면서 철광석 및 석탄 수입이 상승했다.

'인구 상승'이라는 표현에 대해 국립국어원은 〈우리말 바로 쓰기〉 코너에서 다음과 같이 설명했다.

> '상승'과 '증가'의 뜻을 고려할 때, 제시하신 '인구 상승'은 '인구 증가'로 고
> 쳐 쓰는 것이 알맞습니다. '상승'과 '증가'는 개념이 적용되는 범위가 다릅
> 니다. '상승'은 "낮은 데서 위로 올라감"이라는 뜻으로, '물가 상승 / 신분
> 상승 / 주가가 상승하다 / 기온이 다시 상승하다'와 같이 쓰이며, "높은 곳

에서 아래로 향하여 내려옴"이라는 뜻의 '하강'과 반대의 관계입니다. 한편 '증가'는 "양이나 수치가 늚"이라는 뜻으로, '인구 증가 / 수출 증가 / 소득 증가 / 자동차 수의 증가 / 컴퓨터의 보유 대수가 점점 증가되었다 / 도서관의 장서가 매년 증가하고 있다'와 같이 쓰이며, "양이나 수치가 줆, 또는 양이나 수치를 줄임"이라는 뜻의 '감소'와 반대의 관계입니다.

이 설명에는 보완이 필요하다. 증가는 낱개를 헤아릴 수 있는 수치에 쓰고, 상승은 비율처럼 낱개로 나뉘지 않는 수치에 쓰는 경향이 있다. 인구는 한 명 단위로 셀 수 있다. 인구 '반 명'은 없다. 자동차 대수, 컴퓨터 대수, 도서관 장서도 자연수로 헤아린다. 그래서 인구, 자동차, 컴퓨터, 수출, 도서관 장서는 증가했다고 말한다. 비율은 기본 단위가 없다. 반올림해서 소수점 아래 한 자리까지만 썼더라도 그 아래에 수치가 없는 것은 아니다. 무한소수도 있다. 따라서 다음 예시문의 고용률과 실업률, 소매판매 증가율은 증가나 감소가 아니라 상승이나 하락이라고 써야 한다.

- 통계청이 발표한 '2016년 2월 고용동향'에 따르면 국내 취업자 수는 2015년 2월보다 22만 3000명 늘었습니다. 고용률은 58.7%로 지난해 같은 기간에 비해 0.1%포인트 **감소하락**했고 실업률은 4.9%로 0.3%포인트 **증가상승**했습니다.

- 일본의 소매판매 증가율은 지난해 4월 이후로 계속해서 감 **소하락**하고 있다.

물가, 금리, 경기와 관련된 각종 지수, 온도 등도 상승하거나 하락했다고 표현한다.

- 소득은 꾸준히 증가하는데도 소비성향은 점차 **감소하락**해 2015년 3분기에 최저점(71.5%)을 찍었다.

돈과 관련한 변화를 다루는 단어는 증가나 감소를 쓸 때도 있고, 상승이나 하락을 쓸 때도 있다. 금액은 증가하거나 감소한다고 말하고, 가격은 상승하거나 하락한다고 말한다. 상승이나 하락 대신 '오르다'와 '내리다'를 써도 된다.

- 매출은 1252억 원으로 165% 증가했다.
- 가격은 1500원으로 300원 올랐다.
- 이날 주가는 예상을 초과한 순이익을 바탕으로 19% 상승했다.

서두에 예시한 두 문장은 각각 아래와 같이 고치면 된다.

수정문 법정 최고금리를 현행 27.9%에서 20%로 인하하자는 법안도 있다.

수정문 중국 경제가 활기를 띠면서 철광석 및 석탄 수입이 증가했다.

우리말에는 숫자의 변화를 나타내는 단어가 '증가/감소, 증액/삭감, 확대/축소, 성장/위축, 상승/하락, 향상/저하, 인상/인하' 등과 같이 다양하다. '확대/축소'는 일부러 늘리거나 줄일 때 쓴다. '인상/인하'는 일부러 올리거나 내릴 때 쓰는 단어다.

영어는 우리말과 달리 '상승/하락'과 '증가/감소'를 혼용한다. 예를 들어 'increase'라는 단어를 상승한다는 뜻으로도 쓰고, 증가한다는 뜻으로도 활용한다.

- The population has increased from 1.2 million to 1.8 million.

  (인구는 120만 명에서 180만 명으로 증가했다.)
- The rate of inflation increased by 2%.

  (인플레이션 비율은 2% 상승했다.)

숫자와
숫자 사이

> 국세통계에 따르면 2016년 연간 기준으로 과세표준이 1000억 원 이상인 기업은 모두 247개였고 그중 49개 기업은 5000억 원을 초과했다. 1000~5000억 원 구간 내의 정확한 분포는 알 수 없지만, 일정한 가정 하에 2000억 원을 초과하는 과세표준을 구하고 세액을 계산해본 결과 추가 부담 세액은 2.3~2.8조 원 정도였다.

말로 할 때에는 '1000~5000억 원'이라고들 하는데, 글로는 정확하게 나타내기 위해 '1000억~5000억 원'이라고 써야 한다. 마찬가지로 '2.3~2.8조 원'도 '2.3조~2.8조 원'으로 고쳐야 한다. 다음 문단도 같은 측면에서 수정해야 한다.

- 한편 공매도 포지션이 공개된 이후 거래대금의 대부분은 외국인이 차지했다. 외국인은 ~~7~80%~~**70~80%**의 높은 비중을 꾸준히 유지하고 있으며 나머지 ~~2~30%~~**20~30%**의 비중은 기관이 차지하고 있다.

서두의 인용문에서는 화폐 단위인 '원'이 공통이어서 앞 숫자에서는 생략됐다. 두 연도 사이의 시간 구간을 나타낼 때에는 연도의 앞 두 숫자가 겹칠 때가 많다. 그럴 때엔 다음과 같이 그 두 숫자를 생략하면 간결하다.

- 1973~74년의 4차 중동전쟁 중 사우디아라비아가 이스라엘에 대한 원조를 이유로 미국과 네덜란드에 원유 수출을 금지하면서 1차 오일쇼크가 발생했다.

이를 연도를 다 표기하는 아래 방식과 비교해보자.

- 2011~2014년 상반기 중 유가가 배럴당 100달러를 지속적으로 상회하면서 채산성이 호전됨에 따라 미국 셰일오일을 중심으로 비 OPEC 원유생산량이 급증했다.

세기가 바뀌기 전에는 '1980년대'를 앞의 두 숫자를 생략하고 그냥 '80년대'라고 말하고 썼다. 2000년 이후 연도의 두 숫자를 덜 생략하는 기록이 많아졌다. 앞에 쓰지 않은 두 숫자가 늘 '19'이지 않고 '20'일 때도 있다는 점에서 생략하기보다는 표기하는 편이 낫다는 판단에 따른 것이다. 물론 '80년대'라고 할 때 '2080년대'가 아니라 '1980년대'를 가리키는 것임을 누구나 알지만 말이다.

연도의 앞자리를 지우고 오른쪽 작은따옴표(')로 생략했다는 표시를 하는 방법도 있다.

- 2009년 7월 스웨덴 중앙은행이 마이너스 금리를 처음 도입한 이후 덴마크 중앙은행('12.7월), ECB('14.6월), 스위스 중앙은행('14.12월), 일본은행('16.1월) 및 헝가리 중앙은행('16.3월)이 순차적으로 채택했다.

이때 '를 세심하게 찍어야 한다. 오른쪽 '를 써야 한다. 왼쪽 '와 오른쪽 '가 뒤섞여 있으면 깔끔하지 않다.

기간 vs 시점

고용노동부에 따르면 올해 1분기(1~3월) 퇴직연금 적립금은 126조 4868억 원으로 집계됐다. 가입자는 606만 명이다. 가입자 한 명당 평균 2087만 원의 퇴직연금을 적립하고 있는 셈이다.

숫자는 두 종류로 나눌 수 있다. 하나는 기간에 집계되고, 다른 하나는 시점에 집계된다. 기업 경영과 관련된 숫자로 매출, 영업이익, 부채, 자본을 생각해보자. 매출과 영업이익은 일정한 기간에 걸쳐 나온 숫자를 다룬다. 부채나 자본은 일정한 시점의 숫자를 다룬다. 예를 들면 '2016년 매출'이라고 하지 '2016년 말 매출'이라고 하지 않는다. 또 '2016년 말 부채'라고 하지 '2016년 부채'

라고 하지 않는다.

저축을 하면 저축잔액이 불어난다. 지지난해 2000만 원을 저축했고 지난해 2000만 원을 더 저축했다면, 저축잔액은 4000만 원이 된다. 이 4000만 원은 '지난해 말' 시점에 집계한 금액이다. '지난해' 한 해 동안의 기간에 저축한 금액은 2000만 원이다.

예시문에서 126조 4868억 원은 적립금 잔액이다. 이 금액을 가입자 606만 명으로 나눠서 계산한 평균 금액 2087만 원도 잔액이다. 3개월 동안 추가로 적립된 금액이 아니다. 따라서 이 금액은 '올해 1분기(1~3월) 퇴직연금 적립금'이 아니라 '올해 1분기 말 퇴직연금 적립금 잔액'이다. '올해 1분기(1~3월) 퇴직연금 적립금'이라고 표현하면 '석 달 동안 적립된 금액'으로 잘못 읽힐 소지도 있다. 다음 두 예시문에서 기간과 시점을 살펴보고 어떻게 고쳐야할지 생각해보자.

> **예시문** 2016년 중앙정부와 지방자치단체가 갚아야 할 의무가 있는 국가 채무는 627조1000억 원이다. 2015년보다 35조 7000억 원 증가했다. 국민 1인당 1224만 원의 빚을 지고 있는 꼴이다. 그래도 정부는 다른 선진국에 비하면 경제 규모(GDP)에 비해 빚 규모가 작다고 설명한다. 작년 우리나라의 GDP 대비 국가 채무 비율은 38.3%로서 경제협력개발기구(OECD) 평균인 116.3%보다는 상당히 낮은 편이다.

가계부채는 2017년 1/4분기 말 1,359.7조 원을 기록하여 전년 동기 대비 11.1% 증가하였다.

국가 채무는 시점에 집계된다. 따라서 국가 채무 627조 1000 억 원은 '2016년'이 아니라 '2016년 말'에 집계된 금액이다. '우리 나라의 GDP 대비 국가 채무 비율'에는 기간과 시점이 혼재돼 있 다. GDP는 지난해 '기간'에 집계됐고, 국가 채무는 지난해 말 '시 점'에 집계됐다. 그러나 비율을 지난해 말에 산정했으니, '우리나 라의 GDP 대비 국가 채무 비율은 지난해 말 38%'라고 하는 편이 적합하다. (소수점 아래 3은 생략했다. 38.3과 116.3을 비교하는 데엔 두 비율 의 소수점 아래 숫자가 필요하지 않다.)

수정문 2016년 말 중앙정부와 지방자치단체가 갚아야 할 의무가 있는 국가 채무는 627조1000억 원이다. (중략) 우리나라의 GDP 대비 국가 채무 비율은 지난해 말 38%로서 경제협력개발기구(OECD) 평균인 116%보 다는 상당히 낮은 편이다.

둘째 예시문에서 가계부채를 집계한 때를 '2017년 1/4분기 말' 이라고 표기한 것은 적절하다. 그런데 그 뒤의 '전년 동기 대비'라 는 표현을 습관적으로 적어서 문제가 됐다. '지난해 같은 시점에 비해'라고 써야 했다. 추가로 지적하면 '1/4분기'는 '1분기'라고 해도 된다. '분기'에 이미 1년을 넷으로 나눈 기간이라는 의미가 들어 있다.

수정문 가계부채는 2017년 1분기 말 1,359.7조 원을 기록하여 지난해 같은 시점에 비해 11.1% 증가하였다.

소수점 아래,
어디까지 쓸까

문재인 대통령의 지지율이 90%에 육박하고 있는 것으로 나타났다. 23일 여론조사전문기관 ○○○의 특집조사에 따르면, 지난 10일 취임한 문재인 대통령의 전반적인 직무평가를 묻는 질문에 △잘함 87.0%(매우 67.4%, 다소 19.6%) △잘못함 9.1%(다소 5.2%, 매우 3.9%)로 각각 나타났다. 무응답은 3.8%로 나타났다. 문 대통령의 직무수행 긍정률 87%는 19대 대선 득표율 41%의 2배가 넘는 수치다.

국내 언론매체는 숫자를 다루지 못하고 숫자에 끌려다닌다. 국내 공공기관과 민간 기업의 보고서도 그리 다르지 않다. 미국 활자매체 기사 중 일부를 살펴보자.

Some 38% of people in the survey disapproved of the president's decision to fire Mr. Comey; 29% approved. (중략) Some 39% of poll respondents said they approved of Mr. Trump's overall job performance, while 54% disapproved—almost identical to the results of a Journal/NBC News survey in April.

　설문조사의 각 응답 비율에서 소수점 이하 숫자가 없다. 반올림한 것이다. 인용한 부분의 비율은 38%, 39%, 54%로 차이가 나기 때문에 소수점 아래 수치를 알려주지 않아도 된다. 이처럼 설문조사 결과를 전하고 분석하는 보고서나 기사에는 소수점 아래가 필요한 때가 거의 없다. 맨 앞에 인용한 설문조사 결과 기사에는 소수점 아래 숫자가 군더더기로 붙었다.

예시문 23일 여론조사전문기관 ○○○의 특집조사에 따르면, 지난 10일 취임한 문재인 대통령의 전반적인 직무평가를 묻는 질문에 △잘함 87.0%(매우 67.4%, 다소 19.6%) △잘못함 9.1%(다소 5.2%, 매우 3.9%)로 각각 나타났다. 무응답은 3.8%로 나타났다.

수정문 23일 여론조사전문기관 ○○○의 특집조사에 따르면, 지난 10일 취임한 문재인 대통령의 전반적인 직무평가를 묻는 질문에 △잘함 87%(매우 67%, 다소 20%) △잘못함 9%(다소 5%, 매우 4%)로 각각 나타났다. 무응답은 4%로 나타났다.

원문과 수정문을 다시 읽어보자. 비율이 7개 들어갔다. 원문을 읽고 나서 바로 다른 사람에게 7개 비율을 들려줄 수 있나? 수정문을 읽으면 그 일이 훨씬 수월함을 느낄 것이다. 소수점 아래 숫자를 일일이 적어 수치가 많아지면, 쓰는 사람도 수치를 일일이 기억하지 못한다. 자신도 바로 잊어버릴 의미 없는 숫자를 쓸 이유가 없다.

이는 악과다. 전에 나는 한 신문이 통일 후 우리나라의 연간 경제성장률 전망치를 4.706%, 3.675%, 3.135%, 2.615% 등으로 열거한 기사를 봤다. 소수점 아래 한 자리까지만 의미가 있다. 그 아래에서 반올림하는 편이 낫다. 다른 기사는 '평균 3.63대 1의 경쟁률'이라고 썼다. '3.6대 1의 경쟁률'로 충분하다.

수학자 존 앨런 파울로스는 책《수학자의 신문읽기》에서 어느 요리의 영양을 1인분에 761cal라고 설명한 기사를 예로 든다. 그는 "마지막 1cal는 완전히 무의미하다"며 "둘째 자리의 6도 거의 마찬가지이고 단지 백의 자리의 7만이 의미 있는 숫자"라고 말했다. 그는 자신이 수학자임을 아는 한 이웃이 "휘발유 1갤런당 32.15마일을 달렸다"고 자랑스레 들려줬다는 사례도 든다. 1갤런으로 32마일을 달렸다고 하면 충분하다. 파울로스는 "판단을 흐리게 만드는 정확성보다 주변을 밝게 비추는 명료함이 더 낫다"고 조언한다. 언론매체 기자가 소수점 아래에 군더더기 수치를 잔

뜩 붙인 건 그렇게 작성·배포된 보도자료를 보고 기사를 작성해서일 경우가 많다. 자료를 작성하는 쪽에서도 세심하게 신경을 쓸 부분이다.

모델 포트폴리오(MP)의 수익률을 비교한 기사의 한 문단을 아래 옮겨왔다. 처음 나오는 수익률 범위 0.23~4.92%는 0.2~4.9%로 써도 된다. 이를 포함해 소수점 아래를 고쳐보자.

- MP 수익률 집계 결과 초고위험MP(15개)는 ~~0.23~4.92%(평균 2.28%)~~0.2~4.9%(평균 2.3%), 고위험MP(27개)는 ~~0.1~5.01%(평균 1.70%)~~0.1~5.0%(평균 1.7%)의 분포를 보였다. 또 중위험MP(25개)는 ~~0.4~2.42%(평균 1.07%)~~0.4~2.4%(평균 1.1%), 저위험MP(24개)는 ~~0.34~1.81%(평균 0.91%)~~0.3~1.8%(평균 0.9%), 초저위험MP(12개)는 ~~0.28~1.16%(평균 0.62%)~~0.3~1.2%(평균 0.6%) 등이었다.

'마이너스'를
빼면?

중국의 2016년 암모니아와 요소 생산량은 전년 대비 각각 −7.9%, −7.2% 감소했다.

아래 산수 문제를 풀어보자.

- 15-(-7)

이 문제의 답 22를 맞히지 못하는 사람은 얼마 되지 않을 것이다. 음수 −7을 빼는 것은 7을 더하는 것과 같다. 그렇다면 위 예시문에서 나타낸 '−7.9% 감소'는 '7.9% 증가'를, '−7.2% 감소'는

'7.2% 증가'를 뜻한다. 그러나 실제로는 각각 7.9%, 7.2% 감소했다. 이처럼 감소한 폭 앞에 마이너스 부호를 잘못 붙이는 사례가 가끔 보인다. 다음 문장도 그런 사례다.

- 상품수지 흑자 100억 달러 감소와 서비스수지 적자 100억 달러 확대는 경제성장률을 -2.4% 낮추는 역할을 했다.

이런 오류는 넓게 보면 덧붙이는 데서 비롯됐다. 필요하지 않은 요소를 추가하면 정확성이 떨어지고, 이처럼 문구가 반대를 뜻하게 되기도 한다. 숫자와 관련한 불필요하거나 틀린 표현을 살펴보자.

- 매 1000분의 1초마다
- 1만여 명 이상
- 하원의 과반 이상을 차지한 공화당 의원들
- S&P 500 은행업종 지수는 대선일 이후부터 현재까지 23% 이상 급등했다.
- 그는 한 달에 약 40~50여 권 이상의 책을 읽는다.

'매 1000분의 1초마다'는 '1000분의 1초마다'로 바꿔야 한다. '1만여 명 이상'은 '1만여 명'이나 '1만 명 이상' 중 하나가 맞다.

'과반'이 절반을 넘은 상태이므로 '하원의 과반을 차지한'이나 '하원의 절반을 초과하는 의석을 차지한'으로 써야 한다.

'23% 이상 급등했다'에서는 '이상'이 군더더기다. 만약 23.6% 넘게 상승했다면 반올림해서 '24% 급등했다'고 하거나 '24% 가까이 급등했다'고 썼을 것이다. 그렇게 쓰지 않은 걸 보면 상승률은 23.5%에 미치지 못한 것으로 추정된다. 따라서 '23% 급등했다'라거나 '약 23% 급등했다'라고 해야 한다.

'약 40~50여 권 이상'에는 중첩이 겹겹이다. '50여 권'은 51~59를 가리키는데, 여기에 '이상'이 붙었다. 그래서 이 범위에는 60도 포함될 수 있다. 그렇다면 이 표현은 40~60권을 가리킬 수 있다. 50이라는 숫자가 의미를 잃게 된다. 말하는 사람의 의도가 40~50권이라면, '약'은 필요하지 않다. 그냥 '그는 한 달에 책을 40여 권 읽는다'라고 쓰면 된다.

첫째인가
첫 번째인가

박원순 서울시장(사진 왼쪽에서 네 번째)이 21일 서울시청에서 농협의 도농상생과 농가소득 증대에 기여하는 금융상품인 '행복이음패키지'에 가입하고 김병원 농협중앙회장(왼쪽 세 번째) 등 참석자들과 기념촬영을 하고 있다.

첫째, 둘째, 셋째는 여러 사람이나 사물의 순서를 가리키는 데 쓰인다. 아이 셋을 둔 부모는 맏이를 가리켜 "우리 첫째 아이"라고 부르지 "우리 첫 번째 아이"라고 말하지 않는다. 굳이 '첫 번째'를 써야 한다면 '우리가 첫 번째로 낳은 아이'라고 해야 한다. 이처럼 첫 번째, 두 번째, 세 번째는 한 행위가 반복될 때 활용한다. 예를 들어 "이번이 몇 번째로 서울을 방문한 것인가요?"라고 물어보는 것이다. 앞의 인용문은 한 언론매체의 사진 설명이다. '왼쪽에서 네 번째'는 '왼쪽에서 넷째'로, '왼쪽 세 번째'는 '왼쪽 셋째'로 바꿔야 한다. 다음 두 사례도 읽고 생각해보자.

현재 중국경제는 기본적으로 경착륙 가능성이 거의 없는 상태다. 첫 번째 이유는 채무비율이 상대적으로 높긴 하지만 통제가 가능하다는 점이다. (중략) 두 번째로 중요한 것은 비록 부채증가속도가 최근 빨라지긴 했지만 충분한 비축량을 가지고 있고 자산부채율 또한 높지 않다는 점이다.

최근 한 온라인 커뮤니티에서는 '외국인들이 서울에서 비싸다고 느끼는 음식 3가지'란 제목의 게시물이 인기를 끌고 있다.
해당 게시물은 jtbc 예능 〈비정상회담〉의 일부분을 캡처한 것으로 지난 10일 비정상회담 멤버들은 방송을 통해 자신의 나라와 한국의 물가를 비교하며 서울에서만 특히 비싼 음식을 꼽은 바 있다.
외국인들이 첫 번째로 꼽은 서울에서만 비싼 음식은 과일이었다. (중략) 외국인들이 두 번째로 꼽은 서울에서만 비싼 음식은 '우유 및 유제품'이었다.

이들 사례는 모두 '첫째'를 써야 할 자리에 '첫 번째'를 넣은 실수다. 반대로 '첫 번째'를 쓸 자리에 '첫째'를 활용하는 실수는 드물다. 단어를 길게 늘이는 경향은 '첫째'와 '첫 번째'에서도 나타나는 셈이다.

다음은 2015년 대입 수능시험 영어 과목의 25번 문제다.

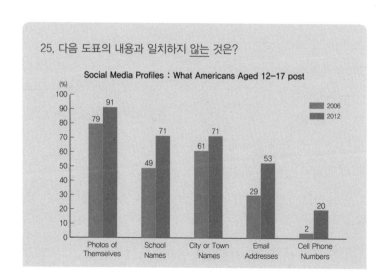

25. 다음 도표의 내용과 일치하지 <u>않는</u> 것은?

Social Media Profiles : What Americans Aged 12-17 post

숫자를 장악합시다, 정확하게

The above graph shows the percentage of Americans aged 12–17 who posted certain types of personal information on social media sites in 2006 and in 2012.

① The year 2012 saw an overall percentage increase in each category of posted personal information.
② In both years, the percentage of the young Americans who posted photos of themselves was the highest of all the categories.
③ In 2006, the percentage of those who posted city or town names was higher than that of those who posted school names.
④ Regarding posted email addresses, the percentage of 2012 was three times higher than that of 2006.
⑤ Compared to 2006, 2012 recorded an eighteen percent increase in the category of cell phone numbers.

도표는 미국의 12~17세 청소년이 소셜 미디어에 자신과 관련한 정보를 얼마나 드러내는지 조사한 결과를 나타낸다. 2006년과 2012년에 두 차례 조사해 항목별 비율을 비교해 표시했다. 제시된 다섯 가지 설명을 우리말로 옮기면 다음과 같다.

① 개인 정보를 게시한 비율은 2012년이 2006년보다 모든 항목에서 높았다.

② 두 조사 시기 모두 사진을 올린 비율이 가장 높았다.

③ 2006년에는 학교명보다 거주하는 고장의 이름을 올린 비율이 더 높았다.

④ 이메일 주소를 포스팅한 비율은 2012년이 2006년보다 세 배나 됐다.

⑤ 휴대전화 번호를 공개한 비율은 2012년이 2006년보다 18% 높아졌다.

④번이 틀렸다. 이메일 주소를 포스팅한 퍼센티지를 보면, 2012년 53%는 2006년 29%의 '세 배'가 아니다. 그런데 ⑤번도 이상하다. 2%에서 20%가 된 변화를 '18% 높아졌다' 했는데, 2%의 18%는 0.36%이고, 그만큼 높아진 비율은 2.36%가 된다.

이런 혼동을 피하기 위해 약속한 표현이 '포인트'다. 2%에서 20%가 됐을 때 두 수치의 변화를 계산하는 대신 차이만 셈한 뒤 그 뒤에 포인트를 붙이는 것이다. 즉, 2%였다가 20%가 되면 '18%포인트 높아졌다'라고 서술하는 것이다. 이런 서술 방식은 퍼센트 변화가 작은 숫자에서 일어날 때 특히 유용하다. 예컨대 2.5%와 2%의 차이를 '40%'라고 하는 것보다 '0.5%포인트'라고 하는 편이 적절하다.

가끔 눈에 띄는 비슷한 실수는 주가지수에 포인트를 붙이는 것이다. 예컨대 '2010년에 주가지수 2000포인트를 3년여 만에 돌파한 것은'이라고 말하는 식이다. 포인트는 주가지수가 등락한 차이에 쓰는 게 적절하다. 다음 연습문제를 풀어보자. 어느 부분이 틀렸고 어떻게 고쳐야 할까.

금융위기 때 4.8%에 달했던 선진 7개국과 신흥국 사이의 성장률 격차는 2015년 0.7%까지 좁혀졌다가, 지난해 이후 신흥국의 경기회복을 바탕으로 다시 확대될 것으로 예상된다.

NOTE

7

표에서 내공을 보여줍시다,
근사하게

문서를 통한 의사소통에서 능숙하게 구사하면 좋은 기법이 추상화와 구체화다. 이를 일반적인 서술과 개별적인 서술이라고 표현할 수도 있다. 어떤 곳에서는 일일이 열거하지 않고 일반적으로 쓸 필요가 있고, 다른 곳에서는 꼭 예를 들어 구체적으로 설명할 필요가 있다. 앞에서 일반적으로 설명한 뒤 뒤에서 구체적으로 열거하는 두 단계 서술 방식도 자주 쓰인다.

도표와 그래프는 이 기법 가운데 추상화 솜씨를 더 요구한다. 내용 중 핵심을 어떻게 추려서 도표나 그래프에 어떻게 표현해야 간결하고 효율적으로 전할 수 있을까. 몇 가지 대표적인 사례를 통해 이를 함께 궁리해보자. 이 밖에 참고할 자료가 활자매체와 단행본에 많이 있으니, 더 낫게 그릴 수 있을까 하는 관점에서 자주 유심히 살펴보길 권한다.

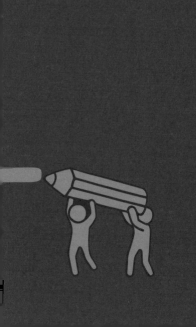

반토막난 3월 中 판매량 (단위:대)

15만592 — 2016년 3월
22만2814 — 2016년 12월
7만2032 — 2017년 3월

자료:현대·기아차

美 판매량도 급감 (단위:대)

13만3589 — 2016년 3월
11만8694 — 2017년 3월

자료: 한국경제

현대기아차 주력 시장 판매량 (단위:대·%) ■2016년 3월 ■2017년 3월 ■증감률

*자료=현대기아차

미국

현대차: 7만5,310 → 6만9,265 / -8.0
기아차: 5만8,279 → 4만9,429 / -15.2

중국

현대차: 10만549 → 5만6,026 / -44.3
기아차: 5만43 → 1만6,006 / -68.0

국내

현대차: 6만2,166 → 6만3,765 / 2.6
기아차: 5만510 → 4만7,621 / -5.7

자료: 매일경제

표에서 내공을 보여줍시다, 근사하게

같은 정보를 담은 표나 그래프도 신문에 따라 차이가 난다. 여러 인포그래픽을 놓고 비교해 어느 쪽이 더 나은지 생각하다 보면 정보를 인포그래픽으로 처리하는 솜씨가 길러진다. 인용한 두 그래프는 각각 장단점이 있다. 위 그래프는 해당 국가의 국기를 배경으로 정보를 앉혀 눈길을 끈다. 단점도 시각적인 부분에서 찾을 수 있다. 간단한 정보에 비해 공간을 너무 배정했다. 그래서 막대그래프의 폭이 지나치게 넓어져 맵시가 나지 않게 됐다.

아래 그래프는 위 그래프에 비해 세부 정보를 많이 담았고 국내 시장 판매대수 변화도 추가로 보여줬다. 위 그래프는 각 시장에서 현대차와 기아차의 판매대수를 합한 수치만 다룬 반면, 아래 그래프는 두 회사 각각의 판매대수를 표시했다. 한 그림에 현대차와 기아차의 수치를 넣기 위해 가로축에서 시간을 들어내고 두 시기는 막대의 색을 달리해서 표현하고 각 시기를 범례로 빼냈다. 아래 그래프의 범례 셋 중 증감률은 종류가 다르다. 따라서 그래프 가로축의 맨 왼쪽으로 자리를 옮기면 더 낫지 싶다. 각 그래프에 증감률이라고 쓸 필요는 없다. 맨 왼쪽 그래프에만 한 번 표시하면 된다. 보고서로 의사소통을 하는 사람들이여, 이제 지면신문의 인포그래픽을 작성자와 편집자의 관점에서도 비교해보자.

이제 다음 연습문제를 생각해보자. 무언가 이상하지 않은가? '인맥관리를 위해 인간관계를 이어온 적이 있다'는 대답이 남자는

39.3%인 데 비해 여자는 31.8%로 낮다. 이 두 비율만 있으면 된다. 막대 둘을 넣은 그래프로 그리면 된다. 그런 적이 없다는 부분을 추가로 표시할 이유가 없다.

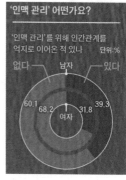

자료: 중앙일보

남자를 원의 바깥에, 여자를 원의 안에 넣은 방식도 작위적이다. 여자를 바깥에, 남자를 안에 넣지 않고 그렇게 한 논리적인 이유가 없다. 아마 저렇게 함으로써 '있다'라는 남자를 표시한 부분이 더 두드러지게 보이는 효과를 노린 듯하다. 그래픽의 수치도 들어맞지 않는다. 여자는 '있다'와 '없다'를 합치면 100%인데, 남자는 99.4%다. 남자 중엔 응답하지 않은 사람도 있나 보다. 숫자가 아주 적어 무시해도 무방하다. 그런데 그림에서 '없다'도 같이 보여주는 바람에 이런 불일치를 발견하게 됐다. 이래저래 이 그림엔 군더더기가 많다.

메뉴는
왼쪽으로

　예술이 주는 공감과 감흥은 어디에서 비롯되는 걸까. 예술의 무엇이 감상자의 심금을 울리고 쾌감을 주는 것일까. 공감과 감흥을 흥행이라고 하면, 예술의 흥행은 작가가 익숙함과 파격을 얼마나 절묘하게 배합해 전략적으로 배치하는지에 좌우된다. 이건용 작곡가는 "예상대로만 진행되는 예술작품은 재미없다" "아예 예측을 할 수 없는 작품도 우리는 즐거워하지 않는다"라고 말한다. 그는 감상자의 예상을 어느 정도 따라주면서 예상이 들어맞을 때 느끼는 유쾌함을 즐기도록 하되, 객석이 지루하지 않게 하는 반전 같은 요소를 넣어야 한다고 설명한다. 또 "예상하는 객석과 예상을 깨트리는 작가 사이의 밀고 당기기 속에서 그 흥미가 유발된다고 요약할 수 있겠다"라며 "작품은 그 밀고 당기기의 현장"이라고 정리한다.(《오 친구들이여, 이런 소리들 말고》, 중앙일보, 2016.4.5.)

급식식당의 메뉴를 짜는 것은 궁리가 많이 들어가는 일이다. 회

중식	A	봉용불고기	안동찜닭
		기장조밥	귀리현미밥
		부대찌개	버섯된장찌개
		흰살생선까스*타르S	오징어바견과류강정
		멸치볶음	잡채
		청경채초고추장무침	미역오이초무침
		포기김치	열무김치
	B	돈가스카레라이스	산채비빔밥*후라이
		가스오우동국물	배추된장국
		그릴소시지*단호박구이	순살파닭*오리엔탈S
		쫄면야채무침	야채튀김
		쫄깃한단무지	도토리묵*양념장
		포기김치	열무김치
후식		그린샐러드/배	수제요거트*토핑

사 구내식당은 일주일에 닷새 동안 아침, 점심, 저녁 모두 식사를
제공한다. 중식 메뉴는 두 가지다. 중식과 석식에는 밥과 국(찌개)
에 다섯 가지 반찬이 나온다. 요즘 구내식당 밥은 그냥 밥이 아니
라 기장조밥, 귀리현미밥, 렌틸콩밥 등으로 다양하다. 따라서 회
사 영양사는 중식과 석식만 고려해도 하루 14가지, 일주일 70가

표에서 내공을 보여줍시다, 근사하게

지 메뉴를 한 번에 짜야 한다. 이는 라디오 음악 프로그램의 DJ가 두 시간짜리 방송을 위해 30여 곡을 선곡하는 것에 버금가는 일이리라고 짐작한다. DJ는 예술 작가처럼 익숙함과 파격 사이의 줄타기를 할 줄 알아야 한다. DJ가 비가 내린다고, 봄이 왔다고, '비'나 '봄'이 제목에 들어가는 노래나 '봄비'를 노래한 곡을 틀어주는 방식은 상투적이다. DJ 자리를 녹음기에 물려주라는 비난을 받기 십상이다. 뛰어난 DJ는 간혹 그날과 관련이 없는 듯한 노래를 타고 흘러가던 청취자가 익숙한 계기에 이르러 '아하!' 하게끔 하는 선곡을 구사한다.

식단 편성에도 익숙함과 파격 사이에서 절묘한 균형을 잡는 센스를 가끔 발휘할 수 있다. 단체급식 식당 메뉴는 대개 절기나 계절, 기념일에 따라 선정된다. 복날에는 삼계탕, 동지에는 팥죽, 대보름날에는 오곡산채비빔밥을 준비한다. 밸런타인데이엔 후식으로 초콜릿을 내놓기도 한다. 이런 틀에서 벗어난 신선한 메뉴를 선정할 수도 있다. 국회 구내 직원식당 영양사는 헌법재판소가 박근혜 대통령 탄핵을 인용한 10일 점심에 잔치국수를 내놓았다. 저녁 메뉴에는 안동찜닭을 올렸다. 이를 두고 국회 구내식당의 영양사가 역사적인 심판일에 맞춰 두 메뉴를 선정했다는 풀이가 나왔다. 잔치국수도 그렇고 안동찜닭도 식단에 자주 올린 메뉴였을 것이다. 새로울 게 없는 식단 편성이었다. 그러나 그는 두 메뉴에 정치적인 메시지를 고명으로 얹었다. 식단을 통해 정치를 논하는 파격을 구사했다. 친숙한 메뉴로 전에 없던 알싸한 맛을 선사했다. 그는 익숙함과 파격이라는 흥행의 화법을 아는 고수가 아닐까. 세상의 모든 선택은 메시지다. 글을 쓸 때면 국회 고수의 화법을 떠올려보자. 익숙함과 파격 사이, 흥행이 있다.

잡담이 너무 길었다. 식단표를 다시 보자. 문장부호로 *와 /가 쓰였다. *는 '~을 곁들인'이나 '~을 뿌린'의 뜻인 것 같다. '흰살생선까스*타르S'는 '타르 소스를 뿌린 흰살생선가스'를 줄인 표기이겠다. '산채비빔밥*후라이'는 '계란 프라이를 얹은 산채비빔밥'이겠고. /는 열거를 표시하는 자리에 활용됐다. 후식이 '그린샐러드/배'라는 건 후식으로 그린샐러드와 배가 나온다는 말이다. 그러나 문장부호 /는 '또는'이라는 뜻으로 쓰인다. /의 자리에는 가운뎃점(·)을 찍어야 한다.

마지막이지만 시각적으로 가장 중요한 수정 사항이 표 안에 메뉴를 정렬하는 방식이다. 인용한 식단표는 메뉴를 가운데로 정렬했다. 잠시 생각해보라. 당신이 최근에 들른 식당 중 벽에 붙인 메뉴를 가운데 정렬해 적어놓은 곳이 있었나? 아마 거의 없었을 것이다. 식단표의 메뉴를 모두 왼쪽 정렬하는 편이 낫다.

아래는 그렇게 재배치한 식단표다. 비교해보자.

중식	A	봉용불고기	안동찜닭
		기장조밥	귀리현미밥
		부대찌개	버섯된장찌개
		흰살생선까스*타르S	오징어바견과류강정
		멸치볶음	잡채
		청경채초고추장무침	미역오이초무침
		포기김치	열무김치
	B	돈가스카레라이스	산채비빔밥*후라이
		가스오우동국물	배추된장국
		그릴소시지*단호박구이	순살파닭*오리엔탈S
		쫄면야채무침	야채튀김
		쫄깃한단무지	도토리묵*양념장
		포기김치	열무김치
후식		그린샐러드 · 배	수제요거트*토핑

숫자는
가지런히

순번	펀드명	1년 수익률(%)
1	교보악사Tomorrow장기우량증권투자신탁K-1호(채권)A2	3.38
2	미래에셋글로벌다이나믹증권자투자신탁1호(채권)A	3.11
3	한화단기국공채증권투자신탁(채권)A	1.66
4	JP모간아시아분산채권증권자투자신탁(채권-재간접형)A	1.51
5	델리티글로벌배당인컴증권자투자신탁(주식-재간접형)A	−0.68
6	메리츠코리아증권투자신탁[채권혼합]A	−1.93
7	KB가치배당40증권자투자신탁(채권혼합)A	−2.18
중략		
12		−7.4
중략		
18	한국밸류10년투자증권투자신탁1호(주식)C	−10.8
19	슈로더유로증권자투자신탁A(주식)A	−11.03
20	한화코리아레전드증권자투자신탁(주식)A	−12.07

자료: 뉴스핌

231

표에서 내공을 보여줍시다, 근사하게

앞 글에서 표의 항목 이름은 왼쪽 맞춤으로 정렬하면 가지런하다고 말했다. 항목의 오른쪽에 수치가 올 때, 수치는 오른쪽 맞춤으로 하면 좋다. 소수는 소수점을 기준으로 정렬하면 수치의 크기가 시각적으로 드러난다.

회사명	수치
회사A	1000
회사B	700
회사C	90
회사D	5

회사명	수치
회사A	10.9
회사B	8.2
회사C	5.0
회사D	−2.7

표에 정수와 소수를 함께 쓸 때, 정수 뒤에 0을 붙여 소수점에 맞춰 정렬하면 깔끔해 보인다. 이렇게 예습한 뒤 서두의 표를 다시 살펴보자. 펀드명은 왼쪽으로 맞춰 정리됐다. 문제는 수익률이다. 소수점이 같은 위치에 찍히다가 마이너스 부호가 붙으면서 약간 오른쪽으로 이동했다. 그러더니 수익률이 -7.4%로 떨어지면서 다시 왼쪽으로 갔다. 수익률 -10.8에서 또 오른쪽으로 이동했다가 아래에서는 같은 위치를 유지한다.

이 표에서 소수점은 왜 좌우로 흔들린 걸까? 가운데로 정렬했기 때문이다. 표에서 처음 나타난 음수 -0.68은 그 위 수치 1.51과 똑같이 소수점 아래까지 세 자리이지만 마이너스 부호가 붙었다. 그래서 가운데로 정렬된 결과 소수점이 살짝 오른쪽으로 밀렸다. 표의 아래를 보면 -10.8과 -11.03의 소수점 위치가 다른 것도 이 때문이다. 이 표의 -7.4는 -7.40으로, -10.8은 -10.80으로 쓴 뒤 모든 수치를 소수점 위치를 똑같이 해 정리하는 게 좋다.

연습문제를 풀어보자. 다음 표에서 수익률 수치를 어떻게 바꾸면 좋을까?

실적 돋보이는 A펀드 개요	
설정일	2010년5월3일
설정액	482억원
수익률	6개월 · 0.45%
	1년 · 2.84%
	3년 · 33.65%
	5년 · 84%
	설정 후 · 91.94%
수수료	선취 1%, 총보수 1.47%

추가 연습문제다. 당신이 언론사 데스크라고 하자. 기자가 다음과 같은 표를 보내왔다. 당신은 어떻게 수정할까?

표에서 내공을 보여줍시다, 근사하게

다운로드 1억건 넘어선 한국 앱	컬러노트	배경화면HD	캔디카메라
출시	2009년	2011년	2013년
직원 수	4명	11명	14명
누적 다운로드 수	1억 1404만	1억 2000만	1억 8000만
해외 서비스 국가	237개국	200개국	234개국
해외 서비스 언어	30개	30개	31개
글로벌 이용자 비중	94%	95%	94%

　이 연습문제엔 답을 제시한다. 아무 항목이나 왼쪽으로 맞추거나 오른쪽으로 맞추는 게 아니다. 정렬하는 데엔 이유가 있다. 항목이 비슷하거나 비교할 대상일 때 정렬한다. 위 표에서 직원 수와 누적 다운로드 수 등 세로로 내려오는 칸에 들어가는 항목은 서로 종류가 다르다. 왼쪽 맞춤을 할 이유가 없다. 수정한 표를 아래 붙인다.

다운로드 1억건 넘어선 한국 앱	컬러노트	배경화면HD	캔디카메라
출시	2009년	2011년	2013년
직원 수	4명	11명	14명
누적 다운로드 수	1억 1404만	1억 2000만	1억 8000만
해외 서비스 국가	237개국	200개국	234개국
해외 서비스 언어	30개	30개	31개
글로벌 이용자 비중	94%	95%	94%

"
가로가 좋아, 세로가 좋아?
"

		A고등학교	B고등학교
남학생	총득점	9600	2200
	인원수	160	40
	평균점수	60	55
여학생	총득점	3000	11200
	인원수	40	160
	평균점수	75	70
남녀합계	총득점	12600	13400
	인원수	200	200
	평균점수	63	67

두 고등학교가 있다. 시험을 쳤더니 A고등학교 남학생 점수의 평균이 B고등학교 남학생 평균보다 높았다. A고교는 여학생 점수의 평균에서도 B고교를 앞질렀다. 그렇다면 전체 학생 점수의 평

균도 A고교가 B고교보다 높을까? 대개 그렇지만 꼭 그렇지는 않다. 위 표는 그렇지 않은 경우를 보여준다. 그렇지 않은 까닭은 B고교 여학생의 평균점수는 A고교 여학생의 평균점수보다 낮지만 숫자가 훨씬 많은 데 있다.

표를 더 간결하게 바꿀 수 있지 않을까? 그리고 A고교 및 B고교의 항목을 가로로 배치하면 더 낫지 않을까? 표를 다음과 같이 재배치해봤다.

	성별 평균점수		성별 학생 수	전체 평균점수
A고등학교	남학생	60	160	63
	여학생	75	40	
B고등학교	남학생	55	40	67
	여학생	70	160	

표를 그릴 때 가로쓰기에 따른다고 생각하자. 다음 표도 가로쓰기로 다시 그릴 수 있다.

"투자는 위험"

밀레니얼세대	X세대	베이비부머	시니어
46%	39%	37%	33%

자산배분 비율

	밀레니얼세대	X세대	베이비부머	시니어
현금	70%	68%	60%	53%
주식	14	17	20	22
채권	7	5	5	9
부동산	4	3	3	4
대체투자	2	1	1	1
기타	1	3	8	8

아래에 고쳐 그린 표는 세대별로 항목을 가로로 읽도록 한다. 또 투자에 대한 태도와 자산배분 비율을 한 표에 담았다.

	"투자는 위험"	자산배분 비율					
		현금	주식	채권	부동산	대체투자	기타
밀레니얼세대	46	70	14	7	4	2	1
X세대	39	68	17	5	3	1	3
베이비부머	37	60	20	5	3	1	8
시니어	33	53	22	9	4	1	8

다음 표는 항목이 가로로 배열됐다. 호랑이 담배 먹던, 남성 흡연율이 95%가 넘던 시절의 통계다. 더 고칠 부분은 없을까? 대안을 그 아래 제시한다. 비교해보시기 바란다.

		총인원	흡연자	비흡연자
남성	폐암환자	1357	1350	7
			99.5%	0.5%
	비폐암환자	1357	1296	61
			95.5%	4.5%

		총인원	흡연자 비흡연자	비율(%)
남성	폐암환자	1357	1350	99.5
			7	0.5
	비폐암환자	1357	1296	95.5
			61	4.5

정보가
소음이 될 때

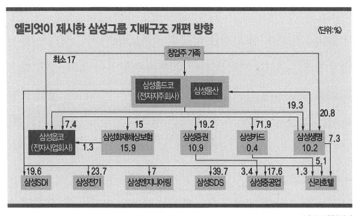

엘리엇이 제시한 삼성그룹 지배구조 개편 방향 〈단위:%〉

자료: 매일경제

"번역이라는 것은 집을 허물어서 자재를 배에 싣고 건너편 해안에 가서 다시 집을 짓는 것입니다. 그러므로 원작과 똑같을 수

표에서 내공을 보여줍시다, 근사하게

도 없고, 똑같을 필요도 없고, 새로운 풍토에 맞는 건물이 되는 것입니다." 이는 안드레스 솔라노 한국문학번역아카데미 교수의 말로, 김성곤 한국문학번역원장이 《고전사계》 통권22호 인터뷰에서 전했다. 번역자만이 아니다. 중간에서 정보를 처리하고 정리하고 편집해 전달하는 역할을 하는 사람이면 모두 참고할 말이다. 회사원, 연구원, 공직자, 기자 모두가 말이다.

번역자가 원문에 담긴 이야기를 해체해 다른 언어에 적합하게 복원하는 것처럼, 정보를 다루는 사람도 정보를 요약해서 전달한다고 쉽게 생각하지 말고 원자료를 취사선택하고 재구성하고 편집해 정보 수용자에게 쉽고 정확하게 전해야 한다.

앞의 그림과 다음 그림을 비교해 살펴보자. 앞의 그림에는 많은 정보가 담겨 있다. 계열사 사이의 지분이 일일이 적혀 있다. 다음 그림은 주요 지분만 적고 나머지는 모두 생략했다. 또 앞의 그림에서는 계열사 사이의 관계가 개편 전과 후가 어떻게 달라지는지 파악하기가 쉽지 않다. 반면에, 다음 그림은 그룹 지배구조를 '비포'와 '애프터'로 나누고 더 간결하게 전한다.

정보를 충실히 다 제공해야 한다는 생각을 버려야 한다. 그림에 정보를 담을 때에는 특히 취사선택과 간결화에 유념해야 한다. 편집되기 전 정보의 상당 부분은 소음에 가깝다.

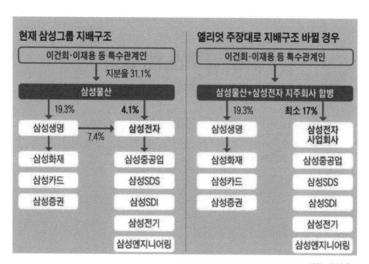

표에서 내공을 보여줍시다, 근사하게

프로크루스테스의 방식

프로크루스테스는 아테네 인근 케피소스 강가에 여인숙을 차렸다. 여인숙에는 길고 짧은 쇠 침대 둘을 갖춰놓았다. 프로크루스테스는 키 큰 손님이 오면 작은 침대로 안내했고 작은 사람에게는 긴 침대로 안내했다. 키 큰 사람은 머리나 다리를 톱으로 잘랐고, 작은 사람은 몸을 잡아 늘여서 죽였다.

표나 그래프를 작성했는데 들어갈 자리가 비좁은 상황에 종종 처한다. 반대로 문서의 남은 공간이 표나 그래프의 크기에 비해 너무 넓으면 문제가 되지 않는다. 그 남은 자리에 글자를 채우면 된다.

프로크루스테스라면 표나 그래프가 들어갈 공간이 부족할 경우 표나 그래프를 잘라낸 뒤 넣을 것이다. 요즘 문서 작성자들은 더 간편한 방법을 쓴다. 그 자리에 맞도록 이미지를 줄이는 것이다.

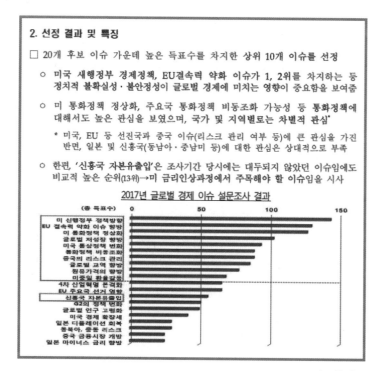

자료: 한국은행

위에 예시한 그래프도 그런 경우다. 이런 방법을 활용한 문서에서 간혹 보이는 단점이 글자나 이미지가 너무 작거나 심지어 보이지 않게 축소됐다는 것이다. 인용한 그래프는 세로 방향으로 더 축소되는 바람에 글자가 납작하게 작아졌다.

인용한 그래프의 문제를 해결하는 방법은 무엇일까? 그래프의 가로 폭과 세로 길이를 줄이면 된다. 그렇게 하면 축소 비율을 더 높일 수 있다. 득표수가 적고 고만고만한 '일본 디플레이션 회복' 등 네 가지는 지우자. 또 이슈의 글자 수도 줄이자. 예를 들어 'EU 결속력 약화 이슈 향방'을 'EU 결속력 약화'로 줄이자. 이런 경우 프로크루스테스처럼 공간의 크기를 염두에 두고 그래프의 일부를 잘라내는 방법이 정답에 더 가까운 것이다.

한편 그래프에서 가로축을 설명하는 '총 득표수'를 이슈 항목 위에 표기한 방식은 적절하지 않다. 그래프 작성자가 세로축과 가로축을 혼동해서 이렇게 표기한 것 같지는 않다. 이 표기 역시 제한된 공간에 그래프를 욱여넣으려다 보니 택한 방식으로 짐작된다. 가로축의 '150'보다 오른쪽에 적는 게 정석인데, 그렇게 할 경우 표의 가로 길이가 더 길어져, 축척을 더 낮춰야 하고 글자가 더 줄어든다. 덜 어색한 방법은 없을까? 그래프 가로축을 바닥에 그리는 수가 있다. 그렇게 하고 '100'과 '150' 사이에 '득표 수'라고 표기하는 것이다.

8

스타일로 완성합시다,
세련되게

샤프펜슬을 여러 자루 마련했다. 연필심 굵기가 0.3밀리미터, 0.5밀리미터, 0.7밀리미터인 샤프펜슬을 각각 갖게 됐다. 매장에서 샤프펜슬을 구경하면서 흥미로운 대목을 발견했다. 샤프펜슬에 연필심 굵기를 적는 스타일이 회사마다 다르다. 곧이곧대로 0.5라고 쓴 곳이 있고, 다른 곳은 0을 생략하고 .5라고 썼다. 또 다른 회사는 꼭지의 원 안에 7이라고만 적었다. 독자가 이해하는 한도 내에서 내용을 가능한한 간결하게 압축해 멋도 살린 스타일이라고 생각한다.

스타일이란 무엇인가. 예를 들어 본문의 글자를 굵게 표시하거나 밑줄을 긋는 스타일이 이 챕터에서 궁리하는 대상이다. 또 한 행에 몇 글자를 넣을 것인지, # 같은 부호를 어디에 어떻게 활용할지도 다룬다.

두 인용구에 쓰인 약물 '/'는 우리말로는 '빗금'이라고 하고, 영어로는 '슬래시'라고 불린다. 빗금의 용도는 한글맞춤법의 〈부록: 문장부호〉에 이렇게 나온다.

(1) 대비되는 두 개 이상의 어구를 묶어 나타낼 때 그 사이에 쓴다.
   남반구/북반구

○○이/가 우리나라의 국보 제○○호이다.

(2) 기준 단위당 수치를 표시할 때 쓴다.

100미터/초

1,000원/개

(3) 시의 행이 바뀌는 부분을 나타낸다. (연이 바뀌는 자리에는 빗금을 겹으로 쓴다.)

산에는 꽃 피네/ 꽃이 피네/ 갈 봄 여름 없이/ 꽃이 피네// 산에/ 산에/ 피는 꽃은/ 저만치 혼자서 피어 있네

앞 인용구의 용례는 한글맞춤법에서 예시한 세 가지 경우에서 벗어났다. 여기에 빗금 대신 들어갈 문장부호는 ·(가운뎃점)이 적합하다. 가운뎃점은 '공통 성분을 줄여서 하나의 어구로 묶을 때 쓴다'는 한글맞춤법 규정이 이 용례에 해당한다.

- 상·중·하위권
- 금·은·동메달
- 통권 제54·55·56호

가운뎃점을 쓰면 수식을 소인수분해하는 것처럼 내용을 간략하게 할 수 있다. $xa + xb = (a+b) x$ 인 것처럼, '상위권, 중위권, 하위권'에서 '위권'을 묶어 '상·중·하위권'으로 줄일 수 있다. 이 용례

에 따라 '원유의 생산가능 연수와 가스의 생산가능 연수'를 '원유·가스 생산가능 연수'라고 쓰고, '감세 정책과 재정확대 정책'은 '감세·재정확대 정책'이라고 줄인다. '감세·재정확대 정책'은 '감세 및 재정확대 정책'이라고도 한다. 병렬을 표시하는 우리말 '및'은 한자 급(及)을 대신하는 단어인데, 기본적으로 한자어투라고 여겨져서 기피되는 편이다. 그러므로 '학과 행정조교와 연구소 행정조교'를 줄인 '학과/연구소 행정조교'는 '학과·연구소 행정조교'로, '신문사와 잡지사'를 줄인 '신문/잡지사'는 '신문·잡지사'로 쓰는 게 적절하다.

가운뎃점에는 이 밖에 두 용례가 더 있다. 첫째, 쉼표로 열거하는 어구를 다시 여러 단위로 나눌 때 쓴다. 다음과 같은 경우다.

- 지금의 경상남도·경상북도, 전라남도·전라북도, 충청남도·충청북도 지역을 예부터 삼남이라 일러 왔다.

또 짝을 이루는 어구들 사이에 쓰는데, '빨강·초록·파랑이 빛의 삼원색이다'라는 식으로 들어간다. 이 경우엔 가운뎃점 대신 쉼표를 쓸 수도 있다. 3·1운동이나 6·25전쟁처럼 날짜로 역사적 사건을 나타내는 데도 활용된다. 이 경우에는 가운뎃점 대신 마침표를 써도 된다.

가운뎃점이 찍힐 자리를 빗금이 차지한 표기는 컴퓨터 자판의 환경에 영향을 받은 결과로 보인다. 빗금은 타자기 시대부터 자판에 당당하게 자리를 선점했다. 그러나 가운뎃점은 자판에 자리를 얻지 못했다. 가운뎃점은 영어에서는 문장부호로 사용되지 않았다. 컴퓨터 문서작업에서 가운뎃점을 찍으려면 두 단계 이상을 거쳐 수많은 기호 중에서 선택해야 한다.

한편 빗금은 2/5와 같이 분수를 나타내는 데에도 그어진다. 이런 용례는 1/4분기나 원/달러 환율 같은 데로 확장됐다. 한글맞춤법은 분수를 표시하는 빗금과 관련해 "이 용법은 수학이나 경제학 분야 등의 특수한 용법인 것으로 보아 이번 개정안에서는 제외하였다"며 "그러나 이는 빗금의 이런 용법이 문장부호에 해당하지 않아서 규정에서 다루지 않는다는 것이지, 분수를 나타내는 부호로 빗금을 활용하는 것을 막는 것은 아니다"라고 설명했다. 여기서 인용한 한글맞춤법이란 '문화체육관광부고시 제2014-0039호'를 가리킨다. 이 고시는 2015년부터 시행됐다. 3·1운동과 함께 3.1운동이라고 쓰고 '금·은·동메달'을 '금,은,동메달'로, '빨강·초록·파랑이 빛의 삼원색이다'를 '빨강, 초록, 파랑이 빛의 삼원색이다'라고도 쓸 수 있게 된 것은 이에 따라서이다.

개조식을
아시나요

□ (리스크) 향후 보호무역기조 강화 가능성 등 정치·경제적 불확실성 확대,
   미 금리인상 등으로 신흥국의 자본유출 압력이 높아질 우려

　○ 터키, 몽골 등 경제 펀더멘털이 취약한 일부 국가의 경우 자본유출입
   상황을 면밀히 모니터링할 필요

　○ 다만 신흥국 전반의 대내외 건전성이 강화되어 급격한 자본유출 가능성은
   높지 않을 가능성

　　– 신흥국 경제가 완만한 회복세를 보이고 있으며, 외환보유액대비 단기외채 비율이
   신흥국 위기가 빈번했던 1994-99년 및 IMF 취약성 기준(100%)보다 양호

자료: 한국은행

　　낱말에 관심과 시간을 많이 기울인 편인 나도 '개조식'이라는
단어는 알지 못했다. 계약직으로 공무원이 돼서 일하기 전까지는.
개조식은 글 앞에 번호를 붙여 가며 짧게 끊어서 중요한 요점이나 단어를 나열하는 방식이다. 이 단어는 국립국어원 '신어' 자료집에 2003년 수록됐다. 한자로는 個條式이라고 쓴다. 이 단어는 일본어 개조서(個條書)에서 온 것 같다.

문서에서는 큰 항목과 작은 항목을 구분할 때, 로마숫자, 아라비아숫자, 괄호 속 아라비아숫자 등을 활용한다. 개조식에서는 숫자 아래 본문 내용을 쓸 때 서두의 인용문과 같이 약물을 활용한다. 약물의 순서는 정하기 나름이다. 위 자료는 '□ ○ -'의 순서를 따랐다. - 아래에 또 하위 항목이 필요할 경우엔 가운뎃점(·)을 찍어 표시하기도 한다. 가운뎃점(·)이 눈에 잘 띄지 않는다는 점을 고려해 ■ 를 쓰는 곳도 있다.

다음 자료는 약물을 '□ ○ ■ -' 순서에 따라 쓰고 있다.

□ 주요 협약내용
○ 지원내용
  ■ 규모 : 미화 24억불(기존 대비 2배 확대)
  ■ 구성 : 선순위대출 60%(미화 14.4억불), 후순위투자 40%(미화 9.6억불)
○ 실행방식
  ■ 부채비율 조건(400% 이하) 완화
  – 부채비율이 400% 이상이더라도 장기운송계약 등 안정적인 현금흐름
    확보가 가능한 경우 지원

여기에서 ■를 –로 바꾸고 '예시' 부분을 '수정'과 같이 고치면
어떨까.

예시문

■ 부채비율 조건(400% 이하) 완화
– 부채비율이 400% 이상이더라도 장기운송계약 등 안정적인 현금흐름 확보가
  가능한 경우 지원

수정문

– 부채비율 조건(400% 이하) 완화: 부채비율이 400% 이상이더라도 장기운송계
  약 등 안정적인 현금흐름 확보가 가능한 경우 지원

스타일로 완성합시다, 세련되게

한 줄에
몇 글자를 넣을까

　　쓰레기 사회학이라는 연구 분야가 있다. 쓰레기 사회학은 폐기물로 그 사회를 분석한다. 나는 '보고서 사회학'을 창시할 수 있다. 보고서를 보면 그 조직을 알 수 있다. 그 조직의 관료주의, 효율성, 업력, 업무·의사소통 역량 등을 파악할 수 있다. 정말이다. 그렇지만 대학은 '보고서 사회학'에 관심이 없을 테니, 연구를 시작하지 않을 참이다.

　　대신 이 꼭지에서는 '보고서 사회학'의 맛보기로 보고서를 통해 조직 의사결정권자의 연령대도 짐작할 수 있다는 가설을 제시한다. 가설은 '한 행의 글자 수는 조직 의사결정권자의 연령대에 반비례한다'는 것이다. 의사결정권자가 50대인 조직은 한 행에 글자가 20여 자만 들어가게 문서를 작성한다. 젊은 조직일수록 한 줄에 글자를 빡빡하게 입력해, 어떤 회사는 30여 자를 채운다.

「2017년도 조세지출 기본계획」 수립

◇ '17.3.28. 국무회의를 개최하여 「2017년도 조세지출 기본계획」을 의결

◇ 기획재정부는 3월말까지 동 기본계획을 각 부처에 통보하고 4월말까지 조세지출 건의서 및 평가서를 제출받을 계획

□ 정부는 '17.3.28. 국무회의를 개최하여 「2017년도 조세지출 기본계획」을 의결하였습니다.

o 조세지출 기본계획은 「조세특례제한법」에 따라 매년 기획재정부 장관이 작성하여 국무회의 심의를 거쳐 각 부처에 통보하는 조세특례 및 제한에 관한 계획으로서,

o 조세지출 현황, 운영성과 및 향후 운영방향을 제시하는 한편, 각 부처가 조세특례에 대하여 신규 건의하거나 의견을 제출할 때 필요한 지침을 제공하기 위한 것입니다.

예시한 자료는 기획재정부에서 작성된 것이다. 기재부는 우리나라 경제정책의 중심 부처다. 정부 부처에서 주요 업무는 국 단위로 이뤄진다. 기재부 국장급의 연령은 50대다. 대개 노안이 오는 시기다. 국장급에게 올라가는 자료는 큼지막한 글자로 작성되게 된다.

글자가 많이 들어가는 자료를 작성하는 조직은 젊다. 책《미식의 역사》를 소개한 이 보도자료로 미루어 이 책을 낸 출판사 푸른지식은 젊은 회사라고 짐작할 수 있다. 푸른지식 편집팀의 평균연령은 기재부 국장급의 평균연령보다 훨씬 낮을 것이다.

한 행에 들어가는 글자 수에 정답은 없다. 책도 책마다 다르다. 내가 최근 쓴 책에는 27자 정도가 들어갔다. 글자가 적게 들어간 자료는 의미 단위가 자주 행으로 잘려 이해가 번거로워지는 단점이 있다. 아래 글에서 이를 체감할 수 있다.

글자가 적게 들
어간 자료는 의

미 단위가 자주
행으로 잘려 이
해가 번거로워지
는 단점이 있다.
아래 글에서 이
를 체감할 수 있
다.

한 행에 25자 정도를 기준으로 삼을 수 있다. 글자 크기를 너무 키웠는지, 글자가 너무 자잘하지는 않은지 검토해보자.

볼드 처리

신문은 '살아 있는 교과서'라고들 한다. 요즘은 이 교과서조차 잘 읽지 않는 시대가 됐다. 신문은 인터넷에서 보는 개별 뉴스와 다르다. 신문은 기사를 가치판단과 범주에 따라 지면에 배정하고, 지면에서도 기사들을 경중을 가려 앉힌다. 신문쟁이들 중에 편집기자들이 글과 사진, 표와 그래프, 그림을 재료 삼아 뉴스를 짧은 시간에 효율적으로 전하는 일을 업으로 한다. 편집기자는 기사의 가치를 판단해 그에 따라 위치를 배정하고 독자를 끌어들일 제목을 붙인다. 다양한 재료를 어떤 모양으로 배치할지, 지면과 기사에 따라 레이아웃을 결정한다. 세상사를 보는 눈썰미, 눈길을 끌 제목을 뽑아내는 감각, 멋진 레이아웃을 잡는 솜씨 등이 고루 녹아들어야만 훌륭한 지면이 나온다.

지면신문은 오랜 세월 축적되고 전수된 편집 기술이 발휘된 작품이다. 지면신문은 이런 측면에서 살아 있는 '편집의 교과서'다. 지면신문을 한 종만 보기보다는 여러 종을 비교하면 정보전달 수단으로서 편집을 더 잘 공부할 수 있다. 같은 기사도 제목에 따라 달라진다. 제목을 바꿔서 독자를 더 강하게 끌어들일 수 있고 뉴스를 보는 시각도 수정할 수 있다. 같은 정보를 담은 표나 그래프도 신문에 따라 차이가 난다. 여러 인포그래픽을 놓고 비교해 어느 쪽이 더 나은지 생각하다 보면 정보를 인포그래픽으로 처리하는 솜씨가 길러진다. 보고서로 의사소통을 하는 사람들이여, 이제 지면신문을 편집자의 관점에서도 뜯어보자.

신문 활자는 본문의 경우 일정한 글자체를 쓴다. 다만 일부 경제신문에서는 본문 중 회사 이름만 굵은 글자로 표시한다. 파이낸셜타임스는 일부 기사의 첫 문장만 굵게 처리한다.

수십 년 편집 노하우를 축적한 신문이 그렇게 하는 데에는 이유가 있다고 봐야 한다. 그렇게 하지 않고 기사의 곳곳을 볼드로 처리하면 가독성이 떨어진다.

European meeting

Hungary PM says refugee policy a threat to 'Christian identity'

JIM BRUNSDEN — VALLETTA

Viktor Orbán, Hungary's prime minister, reopened old wounds in Europe yesterday, criticising EU policies in the 2015 refugee crisis that he said had aided terrorists and threatened the continent's "Christian identity".

Mr Orbán's barbed attack at a meeting of Europe's centre-right leaders — mainly heard in awkward silence — struck a jarring note at a meeting where most of the focus was on how to tackle populism and restore faith in the EU project. It came the day after the UK invoked Article 50 to start the formal process for the country to leave the bloc.

Angela Merkel, German chancellor and the main target of longstanding criticism by Mr Orban, busied herself writ-

제목: '17. 2월 산업활동 동향 및 평가

◇ **2월 산업활동**은 전월 큰 폭 상승에 따른 **기저효과** 등으로 **생산·
투자가 조정**을 받았으나, 그간 부진했던 **소비는 큰 폭 반등**

○ **1~2월 전체적**으로는 **全산업생산이 전분기 대비 1.0% 증가**하는
등 **개선흐름**이 이어지는 모습

Ⅰ. 2월 산업활동 동향

(1) **(全산업생산) 2월 전산업생산은 전월비 0.4% 감소**(전년동월비 4.2%
증가)

○ **광공업**(△3.4%)이 감소하였으나, **건설업**(7.8%), **공공행정**(1.9%), **서
비스업**(0.1%)이 증가

자료: 기획재정부

공공기관 자료 중에는 여러 곳을 굵은 글자로 바꿔놓은 문서
가 많다. 예시한 보고서도 그렇게 작성됐다. 그런 방식은 공무원
의 눈에는 익숙한지 모르겠으나, 일반적으로는 읽는 동작을 방해
한다. 제목 이외에는 굵은 글자를 쓰지 않는 게 낫다. 다만 '(全산
업생산)'은 항목 이름이므로 굵게 처리하는 게 맞다. 한편 자료 중
'제목'이라는 표기는 불필요하다. 네모에 넣은 내용이 '요약'임을
표시하지 않고 그 다음이 '본문'임을 표시하지 않는 것처럼, 제목
앞에 '제목'이라고 쓰는 친절은 필요하지 않다.

앞에 인용한 자료를 다음 자료와 비교해보자. 맨 앞에 요약한 문구만 굵게 쓰고 나머지 본문에 해당하는 내용은 전부 일반 글씨체로 작성했다.

Ⅰ. 종합 평가

(1) **최근 우리경제는 수출이 5개월 연속 증가함에 따라 생산·투자의 개선흐름이 이어지고, 그간 부진했던 소비도 반등하는 등 회복 조짐이 나타나는 모습**

- '17.2월중 고용은 건설업 고용 증가세가 확대되고 제조업 고용부진이 다소 완화되며 취업자 증가폭 확대(24.3→37.1만명, 전년동월비)

- '17.3월중 소비자물가는 전월비로는 변동이 없으나, 전년동월의 기저효과 ('16.3월 전월비 △0.3%)로 상승세 확대(1.9%→2.2%)

- '17.2월중 광공업 생산은 전월 큰 폭 증가(1월 전월비 2.9%)에 따른 기저효과, 반도체 생산 조정 등으로 감소(2.9→△3.4%, 전월비)하였으나, 1∼2월 전체로는 전분기대비 1.9% 증가

자료: 기획재정부

샤프가 넘버?

#개인택시 기사인 A(66)씨는 올 1월부터 국민연금을 월 86만3000원 타고 있다. 원래는 2012년 1월부터 연금을 매월 58만610원 탈 수 있었지만 연금 수령을 65세로 늦췄다. A씨는 "연금을 안 받아도 생활하는 데 큰 어려움이 없어 5년간 적금처럼 묻어뒀더니 큰돈으로 돌아왔다"고 말했다.

#중소기업을 다니다 퇴직한 B(58)씨는 작년 12월 '조기 연금'을 신청해 월 82만3000원을 받는다. 61세가 되는 2019년 12월부터 정상적으로 연금을 타면 월 99만8000원이지만 "건강도 안 좋고 생계비가 부족해 수령 시기를 앞당겼다"고 했다. 당초 예상 연금액의 82.5% 수준이다.

적지 않은 사람들이 뭔지 모른 채 그냥 쓰는 약물이 '#'다. 음악 시간에는 이것을 '샤프'라고 읽었다. 악보에 반음 올림 표시로 썼다. 한 건설회사는 '더#'라는 브랜드를 만들었다. 다른 브랜드보다 '반음 높다'는 겸손한 자랑인지, 다른 뜻을 담은 것인지, 잘 모른다.

#는 일반적으로는 '숫자'라는 뜻으로 쓰인다. #1은 number1을 표시한다. 숫자는 헤아릴 때 쓴다. 거론할 게 하나일 때엔 '첫째'라고 말을 시작하지 않는다. 따라서 사례 하나를 들 때 그 앞에 #를 붙이는 일은 어색하다. 사례 하나는 그냥 쓰면 된다. 사례가 여럿일 때 그 앞에 각각 #1, #2를 붙이는 게 맞다. 이런 미세한 부분을 일관되게 맞게 처리하는 매체는 드물다. 앞에 예로 든 기사 도입부처럼 첫머리를 #1이 아니라 #로 시작하는 경우가 흔하다. 이런 방식이 어색함은 이 약물 자리에 '번호'를 넣으면 쉽게 알 수 있다. # 약물 없이 숫자를 적는 편이 더 낫다. 영어 언론매체는 #를 우리보다 덜 쓴다. 대개 제대로 구사한다. 구글에서 찾아보니 다음과 같이 쓰였다.

3 Reasons Why: Atlético can beat Real Madrid in Champions League semifinal

Reason #1: Atlético are pretty heavy underdogs. (본문 생략)

Reason #2: Atlético are more comfortable over two legs. (본문 생략)

Reason #3: Atlético will get a big reward for keeping the first leg close.
(본문 생략)

앞으로도 이런 원리를 따르지 않는 글이 여전히 다수여도 할 수 없다. 다만 # 약물을 제대로 구사한 글은 알아주는 사람이 있게 마련이라고 믿는다.

팁. '그리고'라는 뜻으로 쓰이는 약물 '&'의 이름은 무엇일까. '앰퍼샌드(ampersand)'라고 한다.

○ 〈Make in India〉 정책은 젊고 풍부한 노동력을 바탕으로 제조업 비중 확대, 제조업부문 일자리 1억 개 창출 등을 목표로 설정하고 세계 제조업 허브로의 발전을 도모

– 인도는 세계 2위의 인구대국(12억 5,214만 명)으로 매년 고용시장에 유입되는 인력이 1,300만 명에 이르고 생산가능인구(15~64세)의 비중 역시 65.6%에 이름

한국은행 보고서의 한 부분이다. 한국은행의 보고서는 흠잡을 부분이 거의 없을 정도로 완성도가 높다. 그러나 독자가 더 편하게 읽도록 하는 세세한 배려에서는 활자매체에 미치지 못하는 대목

이 있다. 숫자를 표기하는 방식이 그런 대목이다. 일간 활자매체들에서 숫자 표기를 참고할 몇 문장을 아래 옮긴다. 비교해보자.

- 현재 정부는 비정규직에서 전환한 정규직 1명당 월 최대 60만 원씩 1년간 지원해준다. 지난해에는 전국적으로 2619명의 근로자가 52억3900만 원의 보조금을 받았다.
- 반도체와 SSD 수출액은 각각 79억9000만 달러, 4억4000만 달러로 사상 최대치를 기록했다.

한국은행 보고서는 숫자 천의 자리 다음에 콤마를 찍은 반면, 활자매체들은 콤마를 찍지 않았다. 어느 쪽이 맞을까? 일단 시각적으로는 콤마를 찍지 않는 활자매체가 간결해서 읽기 편하다고 나는 생각한다. 활자매체들도 전에는 한국은행처럼 숫자를 표기하다 점차 쓰지 않게 됐다고 나는 기억한다. 그렇게 한 이유를 활자매체 종사자들로부터 들은 적은 없지만, 나는 활자매체의 방식이 맞다고 본다. 그 근거는 서구와 동양이 수를 헤아리는 단위가 다르다는 데서 찾을 수 있다. 영어에서는 단위가 1000배마다 바뀌어, thousand 다음 10thousand, 100thousand가 되고 1000thousand는 단위가 올라가 1million이 된다. 그 다음 1000million은 1billion이 된다. 우리나라에서는 이 단위 바뀜이 10000배마다 이뤄진다. '만'의 10000배는 '억'이 되고, '억'의

10000배는 '조'가 된다.

영어에서 긴 숫자에 천 단위로 쉼표를 넣는 것은 자기네 숫자의 단위가 1000배마다 바뀌기 때문이다. 콤마는 billion이나 million 이나 thousand 자리에 찍힌다. 콤마는 숫자 읽기를 쉽게 하는 기능을 한다. 그러나 우리 문서에서 숫자 중간에 '조'나 '억'이나 '만' 단위를 한글로 표기할 경우 콤마를 찍을 필요가 없다. 단위가 이미 한글로 나뉘어 있기 때문이다. 여기에 영어식으로 천의 자리 숫자 다음에 쉼표를 치는 것은 군더더기를 더하는 일이다. 한글 단위가 들어가지 않는 네 자리 숫자도 '2619명'처럼 쉼표를 넣지 않는 편이 간결하다.

스타일로 완성합시다, 세련되게

괄호와 약어

연속설의 입장에 있는 애슈톤은 경제발전과정에서 급격한 변화로서의 혁명이 일어날 수는 없으며, 자본주의라고 불리워지는 인간관계의 체계가 보다 긴 역사기간을 가지고 전개된 것인 만큼 '혁명'이라는 용어에는 이와 같은 연속성을 간과할 위험이 있다고 지적하고 있다. 그러나 더 나아가 그는 "산업혁명이라는 어구는 많은 역사가에 의해서 계속 사용되어 왔고 또한 일상회화 속에 확고한 뿌리를 박고 있으므로 새삼스럽게 그에 대체할 용어를 제시한다는 것은 페단틱하다고 하겠다"라고 지적하면서 산업혁명이라는 술어가 유용하다는 것을 조심스럽게 그러나 명확히 주장하고 있다.

대학 시절 나는 《경제사》(김종현, 경문사, 1985) 중 이 대목의 한 단어에 오타가 났다고 봤다. 그래서 그 단어의 표기를 바로잡는(다고 생각한) 메모를 했다. 그 단어는 '페단틱하다'였다. 나는 페단틱이라는 단어를 몰랐다. 그런 주제에 '페단'은 '폐단'을 잘못 적은 것이라는 결론을 내렸다. 우리말에 폐단이라는 낱말은 있어도 폐단틱은 없다. 그럼 '틱'은 어이 붙었으며 무슨 뜻인가. 난 여기서 상상력을 더 발휘해 다음과 같이 추측했다. "영어의 '틱'은 한자 '적(的)'으로 번역됐다. 예를 들어 'romatic'은 '낭만적'으로 옮겨졌다. 저자는 '폐단'에 '적'을 붙여 '폐단적'을 만든 뒤 여기서 '적'을 '틱'으로 바꿔 '폐단틱'이라는 단어를 지어낸 듯하다."

몇 년 뒤에야 나는 페단틱이 pedantic으로 '현학적이다'를 뜻함을 알게 됐다. 만약 저자가 '페단틱하다'를 '페단틱(pedantic)하다'로, 괄호 속에 원 단어를 넣어 표기했다면 내 섣부른 오해는 빚어지지 않았을 텐데 하는 생각이 든다.

괄호를 친 속에 어구를 적는 이유 중 하나는 해당 부분이 헷갈릴 소지를 줄이는 것이다. 다음 두 문장은 괄호 속 표기를 적절히 활용한 경우다.

- 중국은 2015년 8월 11일 실질적으로 환율 제도를 변경했다. 인민은행은 2005년 이후 미국 달러화에 연동시켜왔던 위안화를 더 이상 달러화에 페그(peg)시키지 않고 위안화의

실효환율을 기준으로 환율을 책정해 기준환율로 고시할 것이라고 발표했다.

- 이론적으로 양(陽)의 영역에서와 같이 음(陰)의 영역에서도 중앙은행 정책금리 조정이 은행 예대금리 변동으로 충분히 이어지고, 현금통화수요의 안정성이 유지될 수 있다면 중앙은행이 이를 통화정책 수단으로 활용할 수도 있다는 시각이다.

예전에 현학적인 사람들은 한자어를 많이 썼다. 우리 사회가 미국 영향권에 편입되면서 영어가 한자어 자리를 차지했다. 미국으로 유학 가서 박사 학위를 받고 온 교수들은 영어를 더 많이 섞어서 강의했다. 한 교수는 "뉘앙스를 포함해 해당 개념을 온전히 전할 우리말이 마땅치 않다"고 주장하기도 했다. 설령 그럴 경우가 있을지라도 한자어를 말하고 나서 영어로 설명하는 방식은 자연스럽지 않다. 그런 방식은 가독성을 떨어뜨린다. 독자의 이해에 도움이 될 리가 없다. 다음 문장을 보자.

- 한편 금융중개 과정이나 현금통화수요의 안정성에 별다른 제약이 없더라도 경제주체들이 중앙은행의 마이너스 정책금리 도입을 경기위축이나 디플레이션 정도가 예상보다 심각하다는 부정적 신호(signal)로 받아들이게 되면 기대만큼 경기활성화 효과가 나타나지 않을 수 있다.

'부정적 신호'에서 신호라는 단어는 동음이의어가 셋 있다. '정보를 전하기 위해 약속된 움직임이나 표지 등'이라는 신호가 있고, 다른 두 단어는 별로 쓰이지 않는다. 둘 중 하나는 '신령한 붓'이라는 뜻이고, 나머지는 '새로 지은 집'을 가리킨다. 독자가 '신호'가 셋 중 어느 것인지 헷갈릴 가능성은 희박하다. 따라서 괄호 속에 신호에 해당하는 단어를 추가할 필요가 없다. 굳이 넣는다면 영어 'signal'이 아니라 한자어 '信號'를 써야 한다. 다음 사례에도 영어 단어가 괜히 들어갔다. 꼭 설명하고자 한다면 괄호 안에는 해당 한자를 적어주면 된다.

- 이로 인해 유로존 국가들의 금리는 모두 아래로 집중되는 (convergence) 현상이 나타났다. 그러나 지난해 하반기 이후 글로벌 금리의 상승 흐름에 더해 국가 간 정치의 방향이 달라지자 유로존 각국의 금리 스프레드가 벌어지면서 (divergence), 이제 유로존 금리는 국가 간 차별화의 단계로 넘어온 것 같다.
- 직접(direct) 익스포져와 간접(indirect) 익스포져로 구분
- 일대일로(One Belt, One Road)

다음 예시문은 한자 자리에 한자를 적었고, 영어 자리에 영어를 썼다. '사관'에 '史觀'을 병기한 것은 발음이 같은 '史官'이라는 단

어가 있고, 이 문장이 그 단어로 읽힐 소지가 있기 때문이다.

- 나는 이 책에서 감히 '새로운 사관(史觀)'으로 대한민국의 70
  년 역사-1945년 해방부터 2015년까지-를 바라보고자 하
  였다. 나는 이 사관에 '뉴레프트(new left) 사관'이라는 이름을
  붙였다.

우리말에도 이젠 약어가 많이 쓰이지만 영어는 약어가 아주 활
발하게 만들어지고 활용된다. 단체 이름이나 특정 개념 외에 일
상 언어에도 약어가 많다. TGIF는 'Thank God, It's Friday'를 줄
인 말이고 OMG는 'Oh, my God'을 뜻한다. 세계태권도연맹은 한
때 자신의 단체명을 영어 약어로 WTF라고 했다. 나는 영어권에
서 WTF가 어디에 쓰이는지 몰랐다. 국내 태권도계 인사들도 알
지 못했음이 분명하다. WTF는 'What the Fuck'을 줄인 단어다.

약어는 편하자고 쓰는 것이다. 따라서 처음 괄호 속에 약어를
쓴 다음에는 전체 이름 대신 약어만 표기하는 게 맞다.

- 마켓워치에 따르면 석유수출국기구(OPEC)의 쿠웨이트 대
  표는 26일 쿠웨이트에서 열린 에너지 포럼에서 OPEC는 원
  유시장 안정을 위해 협력할 준비가 돼 있다고 밝혔다.

영어 약어를 병기할 때엔 우리말을 먼저 쓰고 괄호 속에 약어를 적는 순서가 자연스럽다. OPEC(석유수출국기구)보다 석유수출국기구(OPEC)라고 쓰자는 말이다. 또 영어나 원어는 그 단어가 처음 나오는 곳에서 적어보이는 것이 기본이다.

한편 앞의 예시문은 다음과 같이 교정·교열할 수 있다. 참고 사항으로 제시한다.

연속설의 ~~입장에 있는~~ (진영에 선) 애슈톤은 경제발전과정에서 급격한 변화로서의 ~~혁명어 일어날 수는 없으며~~ (혁명은 일어날 수 없으며), 자본주의라고 ~~불러워지는~~ (불리우는) 인간관계의 체계가 보다 ~~간 역사거간을 가저큐~~ (긴 기간에 걸쳐) 전개된 것인 만큼 '혁명'이라는 ~~용어에는~~ (용어를 택하면) 이와 같은 연속성을 간과할 위험이 있다고 ~~지적하고 있터~~ (지적한다). ~~크러나~~ 더 나아가 그는 "산업혁명이라는 어구는 많은 역사가에 의해서 계속 사용되어 왔고 또한 일상회화 속에 ~~확고한 뿌리를 박고~~ (확고히 뿌리 박고) 있으므로 새삼스럽게 ~~크애~~ (이를) 대체할 용어를 제시한다는 것은 페단틱(pedantic)하다고 하겠다"라고 지적하면서 산업혁명이라는 술어가 ~~유용하타는 것을~~ (유용함을) 조심스럽게 그러나 명확히 ~~주장하고 있터~~ (주장한다).

스타일로 완성합시다, 세련되게

약물 또는 군물

활자 가운데 문자, 숫자 이외의 각종 기호, 구두점, 괄호 따위를 통틀어 약물(約物)이라고 부른다. 약물은 과거 문단을 가르지 않은 채 글자를 지면에 빼곡하게 싣던 시절에 새 단락이 시작됨을 표시하는 용도로도 넣었다. 과거 세로쓰기 시절 동아일보의 〈횡설수설〉 기사에서 이를 확인할 수 있다.

동아일보의 〈횡설수설〉과 같은 장르의 글은 활자매체마다 있다. 경향신문은 〈여적〉이고, 한국일보는 〈지평선〉이며 조선일보는 〈만물상〉이다. 필자는 칼럼보다 가볍게 쓰고, 독자는 칼럼에 비해 재미 삼아 읽는 글이다. 수필로 치면 경수필에 해당하는 글이다. 이런 글을 '단평'이라고 하면, 이들 단평에는 요즘에도 과거처럼 문단 첫 머리에 약물이 들어간다.

그 시절 문단을 행 바꿈으로써 구분하지 않은 요인은 지면 제약으로 짐작된다. 한국 일간지는 대체로 1970년대에는 하루에 8면을 발행했고 1980년대 12면을 거쳐 1990년대에 이르러 발행 면수를 20면 이상으로 늘렸다. 단평의 양식은 8면 시대(또는 그보다 전 시대)에 정해졌다. 뉴스가 없다고 해도 전 세계 소식을 8면 이내에 담으려면 지면을 구석구석 아껴서 써야 한다. 그래서 단평란도 문단 구분을 행을 바꿔서 하는 대신 약물로 표시했을 것이다. 이렇게 하면 행갈이를 하는 데 비해 글자를 수십 자 더 넣어 1000자 정도의 글을 앉힐 수 있다. 단평이라지만 하나의 메시지를 읽을 맛을 내면서 전하려면 1000자는 돼야 한다.

행을 가르고 들여쓰기로 문단이 새로 시작함을 표시하는 요즘에는 문단을 구분하는 표시로 약물을 쓸 필요가 없다. 그런데도 횡설수설과 만물상, 지평선에는 지금도 약물이 쓰인다. (여적에는 들어가지 않는다.) 이들 약물은 '약물'이 아니라 '군물'인 셈이다. 들판에서 노를 짚고 다니는 격이다.

다. 코지마는 바그너와 사랑에 빠져 아이까지 낳았다. 뷜로는 이 사실을 알고도 '트리스탄과 이졸데'를 초연했다. 2막에는 성애(性愛) 장면이 연상되는 남녀 이중창이 나온다. 코지마는 바그너의 두 번째 부인이 됐다.

▷작가 김동리는 평생 3명의 여자를 뒀다. 그는 생전 "첫 번째 여자에게서는 자식을, 두 번째 부인에게서는 재산을, 세 번째 여자에게서는 사랑을 얻었다"고 고백한 바 있다. 세 번째 여자 서영은은 두 번째 부인과 혼인 중

두 번째 부인이 암으로 세상을 뜬 뒤 널리 알려졌다. 서영은은 이후 김동리와 결혼하고 김동리가 세상을 떠나기 전까지 8년간 부부로 살았다.

▷영화 '카사블랑카'의 여배우 잉그리드 버그먼은 1945년 로베르토 로셀리니의 '무방비도시'를 본 뒤 "감동을 받았다"는 편지를 보냈고 둘은 이탈리아에서 만나 사랑에 빠졌다. 버그먼은 유부녀였고 로셀리니 역시 부인과 별거 중인 유부남이었다. 당시만 해도 할리우드는 보수적

만물상도 계속 약물을 넣어 문단을 가르는 데 쓴다. 그런데 자세히 들여다보면 만물상은 문단을 행갈이하고 들여쓰기 하는 대신 약물로 문단 구분을 하는 옛날 방식을 유지한다. 세로 편집을 가로 편집으로만 바꾼 셈이다. 이를 보고 '만물상은 틀린 것은 아니지만 바람직한 방식은 아니며, 문단을 가르고 들여쓰기를 하는 일반적인 방식이 정답'이라는 결론에 이를 분들이 많은 듯하다. 독자께서는 어떻게 생각하시는가.

다. ▶배우 김민희가 엊그제 베를린 영화제 연상을 탔다. 홍상수 감독 '밤의 해변에서' 영화다. 유부남 영화감독과 관계를 맺었고 몸부림치는 여배우가 주인공이다. 국내 달 개봉한다. 따로 아내가 있는 홍과 김은 작년 여름부터 실제로 불륜설에 휩싸여 있었다. 영화가 삶을 베낀 셈이다. 가수는 흔히 자신이 부른 노랫말 따라 인생이 흘러간다고들 한다. 홍·김은 굴곡진 삶을 먼저 저질러 놓고 그걸 본떠 영화를 만들었다. ▶그 영화가 국제 무대에서 인정 받았으니 그간 입을 삐죽들 반응이 궁금하다. 80년대 베네치아에서 '받이'로, 2000년대 칸에서 전도연이 '밀주연상을 받았다. 그러나 이번처럼 드라

그게 정답이되, 만물상에는 활자매

체 종사자들도 대부분 모르는 장점이 있다. 분량이다. 저렇게 약물을 넣어 문단을 구분하면 글자가 늘 일정한 분량 들어간다. 처음에 기사 분량을 맞춰 출고하면 교열을 거쳐 편집으로 넘어가 지면에 앉혀진 다음 양을 조절할 일이 없어진다. 만물상처럼 하지 않고 행을 바꿔 문단을 가르면 전체 분량이 같은 두 기사라도 문장이나 문단의 길이에 따라 전체 행수가 달라진다. 필자와 편집기자가 양을 맞추느라 의견을 나누며 몇 분을 쓰는 일이 드물지 않다. 분초를 다투는 편집 마감 때에는 짧지 않은 시간이다. 만물상의 방식은 시간효율에 의해 선택돼 살아남게 된 것이다.

외래어를 뭐 굳이 한자로

○ 발행금액 대비 2.7배에 달하는 40억불 주문이 몰리며 흥행에 성공
– 美 금리인상을 앞두고 유동성 동향 및 투자성향 등을 감안한 복수의 금리형태 및 만기 구성, 각 Tranche별 투자자들의 가격 긴장도를 제고하며 유리한 금리 수준 발행에 성공

외국 문물을 내용을 고려하지 않은 채 형식만 들여오는 경우가 있다. 미국 화폐단위를 표시하는 데 한자 '弗'을 쓰고 '불'이라고 읽는 것도 그런 경우다. 우리는 $를 弗로 적는 방식을 일본에서 들여왔다. 그러나 일본 사람들은 弗이라고 적고 '달러'라고 읽는다. 弗이 그 자체로 역할을 하는 것이 아니라 $의 대용임을 잊지 않았

고, 그래서 弗이라고 썼지만 달러라고 읽은 것이다. 물론 일본 사람들의 발음은 달러가 아니라 '도루'다. 이는 사전을 찾아보면 확인된다. 사전 윅셔너리(Wiktionary)에서 弗을 설명하는 부분은 아래와 같다.

ドル[弗]
アメリカやカナダ等の通貨単位の一つ。
アメリカドルの略。合衆国ドルの略。
イスラエル北部にある村

우리는 일본 사람들이 $ 대신 弗을 쓰는 방식을 따라했는데, 엉뚱하게 모방했다. $ 활자를 새로 만드는 대신 기존의 弗 활자를 쓰던 옛날 옛적의 관행에서 벗어날 때도 됐다. 弗을 퇴역시키고, $이라고 쓰고 달러라고 읽자.

외래어($은 달러에 해당하는 외래 문자)를 한자로 표기하던 습관은 弗에 그치지 않았다. 유럽을 구라파(歐羅巴)라고 썼고 프랑스를 불란서(佛蘭西)라고 불렀다. 잉글랜드는 영국(英國)이라고, 도이칠란드는 독일(獨逸)이라고 적고 그렇게 읽었다. 잉글랜드와 독일은 아직도 '영국' '독일'이라고 부른다.

다른 사례가 '영란은행'이다. 영란은행은 잉글랜드은행(Bank of England)를 한자로 표기한 명칭이다. 잉글랜드의 한자 표기가 '영격란(英格蘭)'이다. '영격란'에서 '격'을 뺀 게 '영란'이다. 잉글랜드은행은 영국의 중앙은행이다. 최초의 주식회사 형태 은행으로 1694년에 설립됐다. 처음부터 중앙은행은 아니었다. 발권, 은행의 은행 및 정부의 은행, 금융시스템 유지 등 역할이 오랜 기간 더해지면서 중앙은행이 됐다. 잉글랜드를 '영란'이라고 부르지 않는 만큼, 이제 잉글랜드은행을 영란은행이라고 할 이유가 없다. '잉글랜드은행'이나 '영국 중앙은행'이라고 쓰고 말하면 된다.

더 논의를 넓히면, 한글을 두고 굳이 한자로 외래어를 표기하는 것은 바보 같은 짓이다. 한글은 온갖 소리를 다 적을 수 있다. 한자가 담아낼 수 있는 음절은 500개가 안 된다. 언어가 생각을 규정하듯이, 문자는 소리를 표현하는 일을 제한한다. 무슨 말이냐면, 500음절만 표현할 수 있는 한자만 익힌 사람은 수많은 소리를 글자로 옮기는 일을 어려워한다. 중국 학생들한테 모르는 외국어를 들려주고 한자로 받아 적으라고 시키면 결과가 제각각으로 나온다. 한국 학생들은 그에 비하면 받아 적기 결과가 수렴한다. 그러니, 외래어를 한자로 쓰고 읽는 일은 이제 그만두자.

좋은 생각을
나쁜 그릇에 담지 맙시다

━━━━━━━━━━━━━━━━━━━━━●

　풀코스 완주 기준으로 2004년에 입문했으니 올해로 마라톤을 한 지 14년째다. 그동안 내 주법은 계속 개선돼왔다. 나는 내 주법을 계속 진화시켜왔다. 그 과정은 착지할 때 먼저 닿는 발의 부위, 상체를 앞으로 기울인 정도, 위에서 내려다봤을 때 아래팔을 치는 각도, 팔치기의 반동을 다리로 연결하는 척추와 골반의 회전 등 문제에서 최적의 답을 찾아가는 시도이자 틀린 부분을 걸러내는 시행착오의 연속이었다. 최적의 주법을 100점이라고 했을 때 지금 내가 달리는 방식이 어느 수준인지 아직도 확신하지 못하는 상태이지만, 처음 주법에 비해서는 팔목상대할 만큼 자연스럽고 간결해졌다고 자신한다. 수영이나 골프 등 다른 운동을 비롯해 모든 활동이 그러리라고 본다. 모든 활동은 높은 수준의 형식을 통해 온전하게 구현된다. 형식은 '틀'이다. 틀을 완성하는 과정은 잘못된 방식을 버리는 과정이기도 하다. 따라서 자신의 활동을 높은 경지로 끌어올리려면 바람직한 틀을 잡아가면서 잘못된 방식을 '체'로 걸러내야 한다.

이 원리는 두뇌 활동의 결과인 글에도 그대로 적용된다. 글에는 바람직한 틀이 있다. 우선 수만 년 동안 다듬어진 말의 틀이 있다. 여기에 더해 길게는 수천 년, 짧게는 수백 년 동안 발달한 문자의 틀이 있다. 문서에 비교적 최근에 더해진 요소가 도표와 그래프다. 글쓰기를 배우는 것은 결국 말, 글, 그래픽을 다루는 틀을 익히는 것이다. 즉, 어법과 맞춤법, 그래픽 형식을 내용에 맞춰 구사할 수 있게 되는 것이다. 또 글의 완성도를 떨어뜨리는 요소를 걸러내는 체를 갖추는 것이다.

'형식 없는 내용은 맹목적이고, 내용 없는 형식은 공허하다'는 말이 있다. 이 말을 글의 내용과 형식이 갖는 관계 측면에서 조금 바꿔, '형식 없는 내용은 산만하고, 내용 없는 형식은 공허하다'로 표현할 수 있다. 이런 관점에서 이 책의 가장 중요한 지침은 '내용과 형식의 조응(照應)'이라고 할 수 있다. '조응'은 둘 이상의 사물이나 현상 또는 말과 글의 앞뒤 따위가 서로 일치하게 대응함을 가리킨다. 따라서 '내용과 형식의 조응'이란 형식이 내용과 어울려 내용을 잘 표현한다는 뜻이다.

내용과 형식 중 내용이 우선이다. 내용에 따라 어떤 형식을 취할지 결정해야 한다. 형식이 문체일 경우, 문체는 내용이 어떤 것인지에 따라 선택해야 한다. 문장의 길이도 문장에 담고자 하는 바에 따라 결정하면 된다. 상반되고 중첩된 요소를 아우르는 섬세한 사유는 짧은 문장에 담기지 않는다. 따라서 단문이 정답인 것처럼 권하는 글쓰기 지침은 단면적이다.

글은 패션과 비슷하다. 맵시 있는 차림새를 완성하려면 기본 원리를 따르는 가운데 자신의 개성을 발휘해야 한다. 솜씨 좋은 글도 기본적으로 일정한 형식을 따라야 한다. 모쪼록 이 책이 효과적으로 구사할 '틀'과, 틀리거나 부자연스러운 부분을 걸러내는 '체'로 활용되기를 기대한다.

일하는 문장들

초판 1쇄 발행 2017년 11월 7일
초판 21쇄 발행 2024년 7월 10일

지은이 백우진
펴낸이 권미경
기획편집 이윤주
마케팅 심지훈, 강소연, 김재이
디자인 [★]규
펴낸곳 ㈜웨일북
출판등록 2015년 10월 12일 제2015-000316호
주소 서울시 마포구 토정로 47, 서일빌딩 701호
전화 02-322-7187 **팩스** 02-337-8187
메일 sea@whalebook.co.kr **인스타그램** instagram.com/whalebooks

ⓒ 백우진, 2017
ISBN 979-11-88248-10-0 03800

소중한 원고를 보내주세요.
좋은 저자에게서 좋은 책이 나온다는 믿음으로, 항상 진심을 다해 구하겠습니다.

이 도서의 국립중앙도서관 출판예정도서목록(CIP)은
서지정보유통지원시스템 홈페이지(http://seoji.nl.go.kr)와
국가자료공동목록시스템(http://www.nl.go.kr/kolisnet)에서 이용하실 수 있습니다.
(CIP제어번호: CIP2017027783)